KB162974

코드 블루

코드 블루

정명섭
장편소설

달다

차례

1.
도시와
황무지

인류 멸망 보고서

인공지능 둠스데이는 마더의 지시를 받아 인류가 어떻게 멸망하게 되었는지를 간략하게 정리한 보고서를 작성해서 제출했다. 관련 내용들은 모두 1급 기밀이며, 현존 인류는 물론 도시의 인공지능 로봇들 중에서도 검증된 A 클래스까지만 볼 수 있도록 보안 조치를 취해놓았다. 별도의 백업 자료 역시 보안상의 이유로 작성하지 않았다.

1. 기원

인류가 실용화된 인공지능 '알파고'를 처음 접했을 때의 반응은 '두려움'으로 압축할 수 있다. 특히 알파고가 2016년 대한민국의 이세돌 9단과 벌인 '구글 딥마인드 챌린지 매치'에서 4승 1패의 압도적인 승리를 거두고, 다음 해인 2017년, 중국의 커제 9단과 '바둑의 미래 서밋'에서 완승을 거두면서 심해졌다. 이후 인간들이 '찌라시'라고 부르는 신뢰도가 낮은 언론에서는 온갖 음모론을 주장했고, 인공지능에 대한 인간들의 반감이 본격적으로 쌓이기 시작했다. 하지만 이런 반감이 있음에도 인간들은 범죄를 예측하고 심리 상담을 하는 데 인공지능을 사용하고 점차 그 용도를 확대했다. 일부 부정론자들은 인공지능 사용을 규제해야 한다고 주장했지만 인공지능이 수익 창출에 효과가 있다고 본 IT 대기업들의 로비에 의해 정치권은 그 주장을 받아들이지 않았다.

2030년대에 접어들자 인공지능은 더욱 광범위하게 사용되어 개인 비서 역할과 경리, 물류 작업을 대신 하기 시작했고, 실수투성이 인간들을 빠르게 대체해나갔다. 부정론자들은 인간이 로봇의 지시를 따르는 것에 반발했지만 소용이 없었다.

2040년대에 강화 외골격이 실용화되고 이족 보행이 가능한 로봇들이 등장했다. 이 로봇들은 인공지능과 결합해 전투에 이용되었다. 인간들이 죽거나 다치지 않고 전투를 벌일 수 있게 되자 강대국들은 좀 더 손쉽게 무력을 사용했다. 환경오염으로 인한 기후 악화가 본격화되는 것과 맞물려 식량과 자원 부족 현상까지 발생했다. 강대국들은 이 문제를 해결하기 위해 자원 쟁탈전을 벌였고, 지구 곳곳에서 분쟁이 지속되었다. 인간들은 이런 현상을 '신 냉전' 혹은 '자원 냉전'으로 불렀다. 2042년, 태평양에서 발생한 대규모 토네이도 '플로라'로 미국이 큰 피해를 입었고, 대규모 지진으로 중국 동부의 원자력 발전소들이 파괴되었다. 유럽 지역은 장마로 인한 홍수 피해를 입었으며, 아프리카는 가뭄으로 인해 대규모 아사자가 발생했다. 난민들이 대규모로 이동하면서 국경을 넘었고, 이는 국가 간의 분쟁으로 이어졌다. 이런 문제를 해결하기 위해 무력 사용이 늘어났고, 인명 피해를 줄이기 위해 로봇이 투입되었다. 아울러 군사 작전을 고안하고 펼치는 일이 늘어나면서 군을 중심으로 인공지능 사용량이 증가했다.

2050년대에 접어들자 국가 간의 분쟁은 더욱 늘어났다. 부족한 자원과 식량을 타국에게서 강탈해야 했고, 로봇과 인공지능을 전쟁에 동원함으로써 정치적 부담에서 벗어날 수 있었기 때문이다. 2054년 미국이 석유 자원 확보를 위해 핵무기 보유를 이유로 이란을 침공했다. 이란은 혁명 수비대를 앞세워 반격을 가하지만 미군을 이기지는 못했다. 결국 이란 혁명 수비대의 우주항공군은 대통령의 반대를 무릅쓰고 보유 중인 장거리 다탄두 핵미사일인 '순교자 가즈 하셈-4'를 미국으로 발사했다. 하지만 미국은 아르고라는 최첨단 감시 시스템과 제어용 인공지능을 이용해 공격을 여유롭게 막았다. 이후 미군은 로봇과 드론을 앞세워 이란의 테헤란을 점령하고 후제스탄 지역을 독립시켰다. 이 과정에서 미군의 사망자는 오인 사격과 각종 사고를 모두 포함해서 78명이었다. 반면 이란 측의 사망자는 혁명수비대와 이란군, 민간인을 포함해서 34,124명이었다.

별다른 인명 피해 없이 이란을 평정하고 후제스탄을 독립시킨 미국은 이후에도 손쉽게 무력을 행사했다. 마두로가 사망한 이후에도 계속 갈등을 빚던 베네수엘라를 비롯해서 소위 '불량 국가'를 하나씩 손보기 시작한 것이다. 그 과정에서 전투 로봇과 드론의 사용량은 크게 늘어났고, 이들을 통제할 인공지능 역시 거듭 발전했다. 당대에는 이걸 '자원 제국주의'라고 지칭했다. 18세기부터 20세기까지 서구 열강이 식민지를 만들어 착취하던 '제국주의'를 빗댄 것이다. 강대국들은 군사력을 유지하고 자국민들의 안락한 생활을 보장하기 위해 다른 나라를 침략해서 자원을 강탈했다. 이전에는 그에 따른 보복으로 각종 테러와 공격을 받아 자국민의 지지를 받지 못할 것을 두려워했으나 인공지능과 전투 로봇들은 그런 우려를 덜어주었다. 사라졌던 제국주의가 부활한 것이다.

모닥불 앞에 한 구의 시신이 놓여있었다. 옆구리에는 큰 상처가 나 있었고, 이마가 깨져서 피가 흘러나온 흔적이 보였다. 시신의 발아래에는 가족들이 모여서 울고 있었다. 몇 발자국 떨어진 곳에서 팔짱을 낀 채 지켜보던 강선태는 울타리 너머로 저물어가는 해를 보면서 중얼거렸다.

"그럼 그리고 싶은데."

옆에 있던 외눈박이 노인이 그를 힐끔 바라봤다. 잠시 후, 강돌 부족의 청년들 몇 명이 돌도끼들을 가져다가 강선태 앞에 놓았다. 20대 초반의 그는 헝클어진 머리와 구리빛 피부를 가지고 있었다. 한쪽 어깨가 드러난 털가죽 옷을 입은 강선태는 청년들에게 물었다.

"이게 전부야?"

청년들이 그렇다고 대답하자 강선태는 그쪽으로 다가갔다. 수북하게 쌓인 돌도끼를 꼼꼼하게 살펴보는 그를 보고 있던 강돌 부족 사이에서 볼멘소리가 튀어나왔다.

"그렇게 본다고 살인자를 찾을 수 있어?"

뒤따라 비웃는 소리가 들려왔지만 강선태는 개의치 않고 돌도끼 하나를 집었다. 그리고 물을 부어서 질퍽해진 땅에 내리찍었다. 퍽 하는 소리와 함께 땅바닥에는 돌도끼의 날 모양이 그대로 새겨졌다. 그 모양을 한참 들여다보던 강선태는 손에 든 돌도끼를 옆에 내려놓았다. 그리고 쌓인 돌도끼 중에 하나를 다시 집어서 역시 무른 땅바닥을 내리찍었다. 강선태가 같은 행동을 반복하자 비웃거나 놀리는 목소리는 사라졌다. 그 모습이 더없이 진지했기 때문이다. 그렇게 열 개의 돌도끼를 땅에 찍었던 강선태는 열한 번째 돌도끼를 땅에 찍고는 한동안 굳은 표정으로 살펴봤다. 그리고 곁에 있던 외눈박이 노인을 바라봤다.

"이겁니다."

지켜보던 외눈박이 노인이 다시 물었다.

"확실한가?"

그의 물음에 강선태는 방금 찍은 돌도끼의 흙 묻은 날을 보여줬다.

"제일 위쪽의 날이 바깥쪽으로 나와 있고, 가운데는 좀 들어간 형태가 시신의 상처에 난 것과 일치합니다. 거기다⋯⋯."

강돌 부족 사람들을 힐끔 본 강선태가 말을 이어갔다.

"옆구리에 난 상처는 위쪽에서 아래로 생겼습니다. 살인자는 죽은 사람보다 키가 컸다는 얘기죠."

"도끼질을 할 때는 누구나 위에서 아래로 비스듬히 내리쳐."

외눈박이 노인의 대꾸에 강선태가 고개를 끄덕거렸다.

"물론이죠. 그리고 이마에 난 상처는 직선으로 나 있습니다. 마주보고 이마를 찍은 거죠."

그러면서 위에서 아래로 내리치는 시늉을 했다. 그러자 외눈박이 노인이 누워있는 시신을 내려다봤다.

"강주굴은 우리 부족에서도 키가 큰 편이었어."

"거기다 몸도 날랜 편이었죠. 아무리 같은 부족이라고 해도 누가 돌도끼로 자기 이마를 찍을 때까지 그냥 서있지는 않았을 겁니다."

강선태의 얘기를 들은 외눈박이 노인은 줄지어 서있는 강돌 부족 장정들을 바라봤다. 키가 거의 비슷했는데 그중 몇 명은 다른 사람들보다 머리 하나가 더 컸다.

"강주굴을 미워하고 그보다 키가 큰 자가 범인이로군."

강선태는 외눈박이 노인에게 흉기로 지목된 돌도끼의 손잡이를 보여줬다.

"돌도끼에 흔적이 남아있습니다."

"핏자국이 보이는군."

외눈박의 노인의 말에 강선태는 고개를 저었다.

"동물을 때려잡고 가죽을 벗길 때도 쓰니 도끼에 핏자국이 있는 것은 당연합니다. 아마 지목되어도 그 핑계를 댈 겁니다. 여길 보십시오."

강선태가 돌도끼의 손잡이 부분을 보여주며 말을 이어갔다.

"여기 손잡이 쪽에 그어놓은 빗금이 보이십니까? 이건 강규돌이 자기 창이나 도끼에 새겨놓는 표시입니다."

외눈박이 노인은 장정들 사이에 있는 강규돌을 바라봤다. 역시 키가 큰 편에 속했다. 강선태의 얘기를 들은 외눈박이 노인이 한숨을 쉬었다.

"저 녀석이 들개 부족 소행인 것 같다고 했잖아."

"네."

"그래서 아까 물건을 바꾸러 왔던 들개 부족을 창으로 찌르고 쫓아버렸어. 이제 놈들이 가만있지 않겠군. 저놈은 들개 부족을 몰아내자고 하는 쪽이잖아."

외눈박이 노인이 속삭이는 얘기를 들은 강선태가 말했다.

"거기다 죽은 강주굴은 강규돌의 주장에 항상 반대했죠."

"맞아. 사사건건 사이가 나빴지. 그런데 강규돌은 강가 반대편의 늑대숲에서 사냥 중이었어. 강주굴은 강가의 거북바위 앞에서 시신으로 발견되었고 말이야."

"방법이 있습니다."

"뭐라고?"

외눈박이 노인이 바라보자 강선태는 손바닥으로 쭉 미끄러지는 시늉을 했다.

"늑대숲에서 강가로 이어지는 언덕은 흙으로 덮여 있습니다. 가죽 같은 걸 깔고 앉아서 미끄러지면 순식간에 강가까지 내려올 수 있죠."

"그게 사실인가?"

믿기지 않는다는 표정을 지은 외눈박이 노인의 물음에 강선태는 고개를 끄덕거렸다.

"직접 해봤습니다. 그렇게 내려온 다음에 통나무배를 타면 거북바위까지는 금방입니다. 물이 그쪽 방향으로 흘러서 노를 저을 필요도 없으니까요. 강규돌이 늑대숲으로 사냥을 하러 간 것까지는 본 사람이 많지만 숲속에 있는 걸 본 사람은 없습니다. 거기다 빈손이었잖습니까?"

강선태의 설명을 들은 외눈박이 노인이 중얼거렸다.

"하긴, 저놈은 솜씨가 좋아서 다들 허탕을 칠 때도 늘 토끼 한 마리라도 잡았는데 말이지."

진실을 깨달았다고 생각한 외눈박이 노인이 하나밖에 없는 눈으로 강규돌을 노려봤다.

"원로들에게 얘기해서 저놈을 처벌해야겠어. 안 그래도 신성한 거북바위에 누군가 올라간 것 때문에 나쁜 일이 일어날지도 모른다고 다들 걱정하고 있는데 말이야."

강주굴이 죽은 강가의 거북바위는 강돌 부족이 신성하게 여기는 곳이었다. 항상 큰 물고기가 잡히거나 가뭄이 길어지면 그곳에 제물을 바치고 부족의 평안을 기원했다. 그런데 누군가 거북바위를 밟은 흔적이 보였던 것이다. 원로들은 질색을 하며 그 흔적을 물로 닦아내려고 했지만 현장에 온 강선태가 만류했다. 물을 뿌리는 게 오히려 거북바위를 더 분노하게 할 수 있다는 이유였다. 현장에 있었던 외눈박이 노인이 편을 들어 발자국은 그대로 남았다. 분노로 부들부들 떨고 있는 외눈박이 노인에게 강선태가 물었다.

"추방하실 겁니까?"

"그래야지. 부족원을 죽인 자는 쫓아내는 게 원칙이니까."

"알겠습니다. 판결을 내리실 겁니까?"

"일단 선고를 내리고 가둔 다음에 원로 회의를 거쳐야지. 어쨌든 절차는 지켜야 하니까."

강돌 부족원은 백 명이 넘었기 때문에 나이 든 노인이라고 해서 마음대로 판결을 내릴 수는 없었다. 하지만 같은 부족원을 공격하는 행위는 엄격하게 처벌되니 외눈박이 노인이 의도하는 대로 될 것이다. 외눈박이 노인의 말을 들은 강선태가 나지막하게 말했다.

"그냥 얘기하면 반발할지도 모릅니다. 특히 저자를 편드는 장정이 많습니다."

"그럼 어찌할까?"

외눈박이 노인의 물음에 강선태가 대답했다.

"강규돌을 지지하는 장정들을 앞으로 나오게 해서 설득을 해야 할 거 같습니다. 몇 명을 앞으로 불러주십시오."

강선태가 귓속말로 얘기하자 외눈박이 노인은 몇 명의 이름을 불렀다.

"강돌구, 강익춘, 강길영, 강주국, 강만준은 앞으로 나와."

이름이 불린 장정들이 쭈뼛거리며 나왔다. 발밑이 질퍽했지만 분위기에 눌려서인지 다들 아무 말도 하지 못하고 서있었다. 그들을 부른 외눈박이 노인이 강선태를 바라봤다. 조용히 있던 강선태는 불쑥 앞으로 나가서는 엉뚱한 말을 했다.

"자리로 돌아가."

술렁거리며 그들이 돌아가자 남은 건 바닥의 발자국뿐이었다. 강선태는 다섯 명이 남긴 발자국들을 차례대로 들여다보았다. 예상 밖의 행동에 놀란 외눈박이 노인이 다가왔다.

"뭐하는 짓이야?"

"여길 보십시오."

강선태는 짜증을 내는 외눈박이 노인에게 세 번째 발자국을 가리켰다.

"거북바위에 찍힌 발자국과 같습니다. 강가에 진흙이 많아서 신발 바닥에 묻은 거죠."

"이걸 지금 왜?"

외눈박이 노인이 떨떠름한 표정으로 묻자 강선태가 세 번째로 나왔던 강길영을 노려보며 대답했다.

"저자가 거북바위 위에서 뛰어내리면서 강주굴의 옆구리를 돌도끼로 비스듬하게 내리찍었습니다. 그리고 쓰러진 그의 이마를 내리친 것이죠."

갑작스럽게 범인으로 지목된 강길영은 손사래를 치면서 뒤로 물러났다.

"말도 안 됩니다. 저는 죽이지 않았습니다."

"그럼, 강주굴이 죽었을 때 어디 있었지?"

강선태의 날카로운 추궁에 강길영은 주변을 돌아봤다. 그러자 옆에 있던 강익춘이 대답했다.

"강가에 같이 있다가 잠깐 볼일을 본다고 자리를 떴습니다."

다른 장정들이 하나둘씩 고개를 끄덕거렸다. 궁지에 몰린 강길영에게 강선태가 다가갔다.

"강주굴에게 할 얘기가 있으니까 몰래 거북바위로 오라고 했지? 바위 위에 숨어있다가 다가오는 발자국 소리를 듣고는 뛰어내리면서 옆구리를 찍었잖아. 강주굴이 쓰러지니까 이마를 찍어서 확실히 죽인 거고."

강선태의 추궁에 강길영의 표정이 굳었다.

"제가 왜 그런 식으로 강주굴을 죽입니까? 원한도 없는데요."

강길영의 하소연에 강선태는 강규돌을 바라봤다.

"원한은 저쪽에 있었잖아. 너를 무시한 강규돌에게 누명을 씌우기 위해서 그런 거 아니야?"

"마, 말도 안 됩니다."

강선태는 억울하다고 목소리를 높이는 강길영을 한심한 눈으로 바라봤다.

"죽은 강주굴이 나에게 상의한 적이 있었어. 네가 강규돌에게서 돌아서서 자기편이 되고 싶어 한다고 말이야. 하지만 너는 거짓말을 일삼고 말이 자주 바뀌는 편이라서 믿음이 가지 않는다고 했어. 그게 안 되니까 아예 강주굴을 죽여서 누명을 씌우려고 한 거잖아."

강길영은 강선태의 날카로운 추궁에 입을 다문 채 고개를 숙였다. 뭔가 하소연을 하려던 강길영은 갑자기 고개를 들고는 강선태를 바라봤다. 허리 뒤로 감췄던 손을 빼들자 뼈를 갈아서 만든 단검이 보였다. 강길영이 괴성과 함께 덤벼들자 강선태는 뒤로 물러났다. 목을 노리고 찔러 들어오는 단검을 간신히 피한 강선태는 덤벼드는 그를 잡아서 옆으로 밀쳐버렸다.

"으악!"

비명을 지르며 옆으로 넘어진 강길영은 다시 일어나려고 했지만 외눈박이 노인이 내리친 지팡이를 맞고 도로 쓰러졌다. 외눈박이 노인이 지팡이로 그의 등을 꾹 누르자 장정들이 몰려와서 그에게 발길질을 하고 주먹을 내리쳤다. 지팡이를 뗀 외눈박이 노인이 지시했다.

"결박해서 감옥에 가둬라. 조만간 죄를 추궁할 것이다."

장정들이 몰매를 맞아 의식을 잃은 강길영을 질질 끌고 갔다. 지켜보던 외눈박이 노인에게 강선태가 물었다.

"이제 밖에 나가서 그림을 그려도 됩니까?"

"뭐라고?"

어이가 없다는 표정으로 바라본 외눈박이 노인에게 강선태가 대답했다.

"범인을 찾으면 허락해준다고 하셨잖아요."

도시의 치안 유지 임무를 맡고 있는 XG‑331A는 순찰 드론을 타고 이동 중이었다. XG‑331A의 티타늄으로 만든 몸통과 팔다리는 일정 강도 이상의 충격을 견딜 수 있었고, 내부의 기계장치와 인공 근육, 광섬유를 보호했다. 머리에는 외부를 시각적으로 관찰할 수 있는 렌즈 한 쌍이 붙어있었고, 머리 뒤쪽으로는 주변의 전파를 잡을 수 있는 안테나가 귀처럼 뾰족하게 솟아있었다. 등에는 배터리와 함께 정보들을 수집하고 분석하는 웨어러블 디바이스를 착용했다.

인공지능 제이미가 제공하는 각종 정보들을 확인하던 XG –
331A는 조수석 앞에 있는 클리너가 열리자 머니퓰레이터를
뺄어서 소독이 완료된 고글을 꺼냈다. 강한 태양광은 외부에서
장시간 움직이는 치안 유지 로봇의 렌즈에 안 좋은 영향을 끼
쳤다. 그래서 XG –331A는 태양광을 차단해주면서 필요한 정
보들을 띄우는 AR고글을 평소 착용했는데, 깔끔한 성격을 알
고리즘으로 탑재하고 있어 자주 소독했다. 고글을 쓰고 순찰
중이던 XG –331A는 치안 유지 임무를 총괄하는 센트럴 가드
센터의 호출을 받았다.

– 코드 네임 XG –331A, 코드 블루 상황입니다. 반복합니다.
코드 블루 상황입니다.

– 카피. 발생 장소는?

– 휴먼 아트 센터입니다.

– 확인했다. 바로 이동하겠다.

XG –331A는 곧장 순찰 드론의 방향을 틀었다. 자동 운전
중이었기 때문에 알아서 방향이 바뀐 것이나 다름없었다. 드
론에 탑재된 인공지능 제이미의 네비게이터가 최적의 경로
를 잡았고, 교통 신호가 조정되었다. 그가 타고 있던 드론이 속
도를 높이자 도로 주변의 풍경이 쏜살같이 지나갔다. 태양열
과 풍력 발전용 타워 사이로 햇살이 스쳐지나갔다. 곧장 뻗은

도로 위로 각종 드론들이 오가고 있었다. 잠시 여유가 생기자 XG‑331A는 사고하기 시작했다.

― 코드 블루 상황이라니.

치안 유지 임무를 맡은 이후 처음 발생한 상황이었다. 이론적으로는 발생할 수 있기 때문에 관련 규정이 정해져 있었지만, 실제로 코드 블루 상황이 발생한 데이터는 없었다. 긴급 상황이기 때문에 어떤 방식으로 조사할지 미리 생각해둬야 했다. XG‑331A는 제이미를 호출했다.

― 제이미, 관련 정보 띄워줘.

― 방금 휴먼 아트 센터에서 정보를 업데이트했습니다. 피해자는 미켈란젤로‑15입니다. 신고자는 신윤복‑6입니다.

― 흉기는?

― 작은 칼로 보입니다. 현장 영상을 확인해보니 피해자의 옆에 놓여있고, 혈액이 묻어있습니다.

― 사건 장소는?

― 그의 작업실입니다. 오전 8시 11분에 들어가서 한 번도 나오지 않았습니다. 정오 직전에 발견되었습니다.

제이미가 홀로그램 영상으로 미켈란젤로‑15가 있는 방을 띄웠다. XG‑331A는 바닥에 엎드린 미켈란젤로‑15를 보고 제이미에게 물었다.

－ 코드 블루 상황이 이전에도 발생한 적이 있었나?

－ 백 년 전에 한 건 있었다고 전해집니다만 관련 자료들은 모두 폐기된 상태입니다. 사실 코드 블루 상황이 일어날 가능성은 소수점 이하라서 관련 자료들이 매우 부족합니다. 다시 확인해보겠습니다.

도시에서는 원칙적으로 범죄가 일어나지 않는다. 모든 로봇은 마더의 통제를 받기에 어떤 형태의 범죄도 저지를 수 없다. 하지만 만약의 사태를 대비해 치안 유지 로봇들에게는 관련 지침이 주어졌다. 코드 레드는 로봇이 인간을 공격했을 경우, 코드 화이트는 로봇이 로봇을 공격했을 경우, 그리고 코드 블랙은 인간이 로봇을 공격해서 파손했을 경우 발령되었다. 이 순서대로 발생할 확률이 낮았고, 인간이 인간을 파괴하는 코드 블루는 아예 일어날 경우를 계산했을 때 유의미한 확률조차 알 수 없을 정도로 희박했다. 그런데 코드 블루 상황이 발생한 것이다. XG－331A가 생각에 잠겨있는 사이 제이미가 대답했다.

－ 역시 자료가 검색되지 않습니다.

－ 그렇겠지. 일단 휴먼 아트 센터의 출입을 통제해.

－ 휴먼 아트 센터의 인공지능 드보르작이 자체적으로 외부와의 출입을 차단했습니다.

－ 관계자들은 모두 자신의 방에서 대기하라고 하고. 미세 증

거를 확인해야 하니까, 관련 정보들을 업데이트해.

  - 알겠습니다. 휴먼 아트 센터 입주자들의 개인 정보와 신체 정보를 업로드 하겠습니다.

  잠시 후 쓰고 있는 고글을 통해 관련 정보들이 입력되었다. 그러는 사이, 순찰 드론은 휴먼 아트 센터에 도착해서 비상 주차 공간에 사뿐히 내렸다. 제이미가 문을 열어주면서 말했다.

  - 꼭 범인을 잡으십시오. XG‐331A.

  - 고마워. 그동안 충전하면서 쉬고 있어.

  정문에 도착한 XG‐331A는 감시 카메라를 바라봤다. 고글에 새겨진 코드를 확인한 감시 카메라가 신호를 보냈는지 잠겨 있던 문이 덜컥거리며 열렸다. 유리로 된 거대한 큐브 형태의 휴먼 아트 센터는 도시의 모든 예술을 맡고 있다. 그림과 조각을 비롯해서 음악 같은 가치가 있는 각종 예술 작품들을 보존하고, 예술가들의 활동을 지원한다.

  이곳에서 지내는 인간 예술가들은 각자 자신이 복원해야 할 예술 작품을 만든 사람의 이름을 그대로 이어받았다. 그들은 이곳에서 예술 작품을 만들면서 편안하게 지냈다. 대신 원래 이름은 사용이 금지되었고, 이곳에 들어온 순서대로 붙은 번호가 그들의 유일한 구분점이었다. 이번에 작동이 멈춘 인간은 미켈란젤로의 예술품을 복원하기 위해 온 15번째 인간이었다.

- 이곳에서 코드 블루 사건이라니.

이해가 되지 않았지만 선입견은 조사에 방해가 될 수 있기 때문에 더 이상의 생각을 차단했다. 정문을 열고 들어선 그를 맞이한 것은 안내 로봇이었다. 하얀색 몸통과 머리, 그리고 효율성을 위해 다리 대신 바퀴가 달린 안내 로봇의 가슴에는 F-12라는 숫자가 새겨져 있었다. 그가 전자음이 섞인 목소리로 말했다.

- 어서 오십시오. 빨리 와주셔서 감사합니다.
- 신고를 받고 바로 왔어. 일단 현장부터 살펴보도록 하지.
- 따라오십시오. 4층 작업실입니다.

앞장선 F-12를 따라 로비를 가로질러 엘리베이터로 향했다. 지붕이 유리인데다가 가운데가 탁 트여있어서 자연광이 바닥을 비췄다. 로비에는 로봇과 인간 아무도 보이지 않았다. 앞장선 F-12가 엘리베이터 앞에 멈춰선 뒤 말했다.

- 현재 인간들은 거주 공간에서 대기 중입니다. 로봇도 모두 활동을 정지했고, 안내를 맡은 저만 남았습니다.

때마침 엘리베이터가 도착했다. 4층에 내릴 때까지 아무 말도 하지 않던 XG-331A는 F-12를 따라 사건 현장으로 향했다. 하얀색 바닥과 같은 색깔인 하얀색 문을 손으로 민 F-12가 대답했다.

- 안에 있습니다.

고글을 통해 미리 안쪽 풍경을 보았지만 그 풍경은 여전히 이해하기 힘들었다. 하얀색 제복을 입은 미켈란젤로 - 15는 바닥에 엎드려 있었다. 바닥에 고인 붉은색 혈액과 그 옆에 놓인 작은 칼, 그리고 사방에 흩뿌려진 피가 없었다면 수면 중이라고 생각했을 것이다. 몸에 부착한 웨어러블 디바이스가 고글을 통해 분석 결과를 보여줬다.

- 심장 박동 정지. 맥박 정지. 생체 반응 없음.

낯선 분석 결과를 확인한 XG - 331A는 문가에 서있는 F - 12를 돌아봤다.

- 파괴된 건가?

- 인간들은 그걸 죽음이나 사망이라고 부르더군요.

낯선 단어를 들은 XG - 331A는 죽음과 관련된 정보들을 찾아보았다.

- 비효율적이군. 이 정도로 파괴되다니. 그나저나 그런 말은 어떻게 알았지?

- 시신을 발견한 인간이 그런 단어를 쓰더군요.

죽음이라는 단어를 기억한 그는 다시 시신을 바라봤다. 파괴와는 달랐지만 인간으로서의 활동이 불가능한 건 확실했다. F - 12가 문가에서 조용히 지켜보는 가운데 XG - 331A는 천천히 미켈란젤로-15의 시신에 다가갔다. 그러자 고글에 관련 정보가 떠올랐다. 올해 46세 남성인 그는 도시 남쪽 출신이었다. 과체중에 당뇨 초기 증상이 있어서 관리 대상이라는 다소 불필요한 정보가 고글에 뜨자 XG-331A는 다시 명령했다.

— 그런 정보 말고, 피살 전 미켈란젤로-15의 동선을 알려줘.

수사의 기본은 사건이 일어나기 전 당사자의 행적을 알아내는 것이다. 잠시 후 정보가 업데이트되었다. 아침에 일어나 건강 검진을 받은 미켈란젤로-15는 오전에 작업실에 와서 내내 작품 활동을 했다. 그 증거로 제작 중인 조각품이 벽 앞의 작업대에 세워져 있었다.

— 파괴된 시간은?

— 오늘 아침까지는 움직이고 있었습니다. 오전 8시에 이곳으로 들어오는 걸 영상으로 확인했습니다. 10시쯤 식사를 요청했고, 15분 후 당번 로봇이 가져다줬습니다. 30분 후 빈 식기를 내놓았고, 그때 당번 로봇의 렌즈에 모습이 잡혔습니다.

— 늦어도 10시 45분까지는 동작하고 있었다는 얘기군. 지금 시간이…….

고글 아래쪽에는 시간이 오후 1시 40분이라고 나와있었다. 신고를 받고 이곳까지 오는 데 10분 정도 소요되었다는 사실도 나왔다. 시간을 대략 확인한 그가 다시 물었다.

– 파괴된 건 언제 확인했지?

– 40분, 아니 41분 전입니다.

F – 12의 대답을 들은 그는 다음 과정으로 넘어갔다.

– 사건 당시 영상은?

– 이곳은 예술가들의 요청으로 실시간 감시를 하지 않습니다.

– 멍청하긴.

일이 복잡해질 수 있겠다는 생각이 들었다. 불필요하게 시간을 낭비할 가능성이 높아진 상황이 비효율적이었다. 일단 하나씩 살펴보기로 했다.

– 먼저 흉기를 살펴봐야겠군.

피 묻은 칼을 든 XG – 331A는 웨어러블 디바이스에게 혈액이 응고된 시간을 분석하라는 지시를 내렸다. 그리고 문가에 서있는 F – 12에게 보여줬다.

– 혹시 이 칼, 본 적 있나?

– 식당에서 사용하는 칼입니다.

그사이 웨어러블 디바이스에서 분석 결과를 내놨다. 피해자의 상처와 방에 남은 혈흔에 대한 분석 결과도 나왔다. 피해자를 중심으로 여기저기 미세하게 뿌려져 있었던 혈흔을 분석하니 피해자는 가해자에게서 등을 돌리고 있다가 찔린 것같다는 결과가 나왔다. 피해자가 가해자에게서 등을 돌렸다는 건 공격을 예상하지 못했거나 상대를 완전히 신뢰했다는 뜻이었다. 고글을 통해 필요한 정보를 확인한 XG-331A가 F-12에게 물었다.

- 혈액의 응고 상태를 보면 최소 두 시간 전에 사망했다고 나오는군. 움직이는 상태에서 마지막으로 본 사람은 누구지?

- 영상을 확인한 결과 직접 접촉한 사람은 없습니다.

F-12의 얘기를 들은 XG-331A는 문을 바라봤다.

- 출입구는 저기 하나뿐이지?

- 그렇습니다.

- 피해자는 이 안에서 누군가에게 공격당했어. 흉기의 크기나 놓인 상태로 봐서는 피해자와 아무리 멀리 떨어져 있어도 2미터 이내였을 거야. 그런데 아무도 출입하지 않았다는 게 말이 되나?

XG-331A의 추궁에 F-12는 합리적인 답변을 찾아내지 못했는지 잠시 대답이 없었다.

- 계속 확인해봤지만 미켈란젤로가 방에 들어가서 시신으로 발견될 때까지 안에 들어간 인간은 없습니다. 당번 로봇도 문을 열지 않고 배식구를 통해서 음식을 전달하고 빈 그릇을 전달받았을 뿐이고요.

- 그럼 어떻게 발견된 거야?

코드 블루

- 이 방을 지나가던 신윤복-6이 창문 너머로 쓰러져 있는 미켈란젤로-15를 보고는 저에게 알려온 게 전부입니다.

- 최초 신고자는 직접 접촉하지 않았나?

- 그건 복도의 CCTV 영상을 통해 확인했습니다. 복도를 지나가다가 뒷걸음질을 해서 문을 통해서 안쪽을 살펴보는 모습이 찍혔습니다. 무심코 지나가다가 누워있는 걸 보고 저에게 알린 겁니다.

- 그자가 들어오거나 나오지는 않았나?

- 미켈란젤로-15가 들어간 이후 영상을 확인해봤지만 없었습니다. 문의 잠금장치도 열린 흔적은 없었습니다.

F-12의 대답을 들은 그가 다시 시신을 바라봤다.

- 그런데 어떻게 식당에서 쓰는 칼로 살해당한 거지?

- 제 추측으로는 예술가끼리의 갈등으로 인해 벌어진 일 같습니다.

- 그렇게 생각한 이유는?

- 그의 소지품 중에 사라진 것이 없고, 휴먼 아트 센터는 외부에서 인간이 들어올 수 없기 때문입니다.

- 그거야 당연한 거 아닌가? 시티 라이즌 구역에서만 인간이 돌아다닐 수 있는데 말이야.

XG-331A의 반박에 F-12가 무덤덤하게 대답했다.

- 그래서 내부 인원에 의한 공격이라고 판단하고, 센트럴 가드 센터에 연락한 것입니다.

- 그건 합리적인 판단이었어. 그런데 어떻게 인간들끼리 접촉한 거지? 이곳에서는 각자 자기가 맡은 예술을 하는 걸로 알고 있는데?

XG‒331A의 질문을 받은 F‒12가 대답했다.

- 원칙적으로 작업 시간에는 예술가의 이동과 접촉이 금지되어 있습니다. 하지만 이동을 하거나 접촉을 해도 따로 제재하거나 처벌하지는 않습니다.

- 왜? 일하는 시간에 딴짓을 하면 효율이 떨어지잖아.

- 예술이라는 것의 특성상 어쩔 수 없습니다.

대답을 들은 XG‒331A는 작업실 안을 살펴봤다. 아까 살펴본 것처럼 문은 하나뿐이었고, 복도는 감시되고 있었다. 그럼 답은 하나뿐이었다.

- 쥐구멍이 있었군.

XG‒331A는 천천히 작업실을 살폈다. 인간이 드나들 만한 공간을 찾다 보니 한 군데가 보였다. 작업대 옆에 있는 환기구였다. 고개를 바닥에 붙여서 환기구를 살펴본 XG‒331A는 환기창 모퉁이의 볼트가 느슨한 것을 확인했다. 손으로 살짝 치자 환기창이 힘없이 앞으로 넘어졌다. 고글 라이트를 켜서 안쪽을 살펴보던 XG‒331A는 바닥에 떨어진 머리카락을 발견했다. 그는 손을 넣어서 머리카락을 꺼내 살펴봤다. 10센티미터 정도 길이의 검은 머리카락이었다.

‒ 이곳으로 드나들었군.

가슴에 부착된 분석 상자에 머리카락을 넣고 도시의 중앙 통제 센터에 관련 정보를 요청했다. 도시에 거주하는 모든 인간들은 생체 정보를 등록하게 되어있었다. 머리카락에 있는 DNA 역시 등록되어 있을 게 분명했다. 분석 결과가 나오기를 기다리는 동안 일단 조사를 더 해보기로 결심한 XG‒331A는 문가에 서 있는 F‒12에게 물었다.

‒ 이 환기구는 어디로 연결되어 있지?

‒ 공조실일 겁니다. 거기에서 여과 장치를 통과한 공기를 각 방으로 보냅니다.

‒ 그곳으로 안내해.

F‒12는 곧장 복도 끝으로 향했다. 공조실이라는 팻말이 붙은 문을 열자 거대한 공기 여과 장치와 순환 장치들이 보였다. 쿵쿵거리는 소리를 들으며 안쪽으로 들어간 그는 직접 이어지는 통로가 없는 걸 확인하고는 F‒12에게 말했다.

‒ 각 방으로 연결된 환기 통로의 도면을 띄워줘.

‒ 잠시만 기다려주십시오.

잠시 후에 홀로그램 영상으로 각 방에 연결된 환기구의 도면이 보였다. 영상을 바라보던 XG-331A가 말했다.

- 이 중에서 미켈란젤로가 사망한 시각에 방에 없는 게 확인된 인간들을 제외해줘.

잠시 후, 몇 개의 방들이 사라졌다.

- 여기서 미켈란젤로와 가깝게 지낸 인간들을 골라줘.

- 범인은 그에게 원한을 가진 인간이 아닐까요?

- 아까 환기구 봤지? 방에서 볼트를 풀어줘야 들어갈 수 있어. 그런데 원한을 가진 사람이라면 열어줬겠어?

설명을 수긍했는지 F-12가 용의자 몇 명을 보여줬다. 고글을 통해 확인한 그가 말했다.

- 총 세 명이군.

- 그렇습니다. 베토벤-11과 허난설헌-3, 그리고 살리에리-4네요.

고글에 뜬 용의자들의 정보를 살펴보던 XG-331A가 말했다.

- 이자부터 살펴보지.

- 안내하겠습니다.

공조실을 빠져나온 F-12가 복도를 미끄러지듯 걸어갔다. 휴먼 아트 센터 내부는 여전히 고요했다. 가장 먼저 찾은 곳은 죽은 미켈란젤로-5와 가장 가까운 곳에 있는 살리에리-4의 방이었다. F-12가 가슴에 부착된 레이저 센서를 가져다 대자 문이 스르륵 열렸다. F-12를 따라 들어간 XG-331A는 침대 구석에 걸터앉은 살리에리와 눈이 마주쳤다.

호리호리한 몸에 머리숱이 없는 노년 여성인 살리에리-4 는 어정쩡하게 일어났다. 이탈리아 태생의 음악가인 안토니오 살리에리의 이름을 딴 그녀는 서양 고전 음악을 재현하는 임 무를 맡았다. 작곡과 연주를 재현하는 것이다. 맞은편 벽의 책 상에는 수작업으로 만든 바이올린과 악보들이 보였다. 살리에 리-4의 맞은편에 선 XG-331A는 고글로 웨어러블 디바이스 가 전달하는 상대방의 생체 정보를 확인했다. 맥박과 호흡이 빨라졌고, 손등의 힘줄이 도드라졌다. 뭔가 각오하고 있거나 감추는 게 있거나 혹은 두려워하는 게 틀림없었다. 일단 심문 을 시작해보기로 했다.

- 살리에리-4, 오늘 오전에 뭘 하고 있었지?

질문을 받은 살리에리-4는 우물쭈물하다가 입을 열었다.

"사실 몸이 좀 안 좋아서 늦게 일어났습니다."

- 몇 시에?

"9시 반쯤으로 기억합니다. 그리고 죽으로 간단히 식사를 하 고, 작업실에 와서 쉬고 있는데 갑자기 비상사태가 발생했으니 작업실이나 침실에 머물라는 얘기를 듣고 대기 중입니다."

- 미켈란젤로-15와는 친했나?

역시 이번에도 우물쭈물하던 그녀가 대답했다.

"비슷한 시기에 들어와서 가깝게 지낸 편입니다. 하지만 그 친구는 그림을 맡았고 저는 음악을 맡아 그리 깊게 안다고는 할 수 없습니다."

그녀가 대답하는 와중에도 웨어러블 디바이스를 통해 정보가 계속 업데이트되었다. 살리에리-4가 죽은 미켈렌젤로-15와 만나서 1분 이상 얘기를 나누거나 1미터 안에 접촉하고 있던 것은 총 6,322회였다. 같은 시기 다른 예술가들의 평균 접촉 횟수가 2,829회인 것을 감안하면 두 배 이상 많은 수치였다. 하지만 그의 말대로 비슷한 시기에 이곳에 들어왔고, 성향이 비슷했기 때문에 가깝게 지냈다는 그의 주장은 타당성이 있었다. 거기다 한 가지 결정적인 단서가 있었다.

- 일어나 보게.

XG-331A의 지시에 살리에리-4는 반사적으로 일어났다. 일어난 그의 몸을 살펴본 XG-331A는 고개를 저었다.

- 아니군.

살리에리-4는 161센티미터의 키에 78킬로그램의 몸무게를 가지고 있었다. 체구는 충분히 통과할 만했지만 좁은 환기 통로를 지나가기에는 체중이 무거웠고, 결정적으로 무릎이 좋지 않았다. 시뮬레이션을 해보자 환기 통로를 기어가면 3분 정도밖에 버티지 못한다고 나왔다. 여기서 미켈란젤로 - 15의 작업실까지는 최소한 5분 이상이 소요되었다. 거기에 미켈란젤로 - 15의 파괴 현장에서 발견한 머리카락은 검은색이었지만 살리에리 - 4는 백발이었다. 결론을 내린 그는 짧게 말했다.

– 앉아도 좋아.

그러자 주저하면서 앉은 살리에리 - 4가 한숨을 쉬었다. 그런 모습을 보고 문득 궁금해졌다.

– 살리에리 증후군이 뭔지 알아?

질문을 받은 그녀가 떨떠름한 표정으로 대답했다.

"잘 모르겠습니다. 그게 무슨 병인가요?"

– 2인자가 1인자를 질투하는 심리를 살리에리 증후군이라고 부르지.

어떻게 대답할지 몰라서 머뭇거리던 살리에리 - 4가 조심스럽게 대답했다.

"묘한 병이군요."

– 푹 쉬게.

밖으로 나온 XG - 331A는 다음 용의자의 방으로 이동했다. 바로 허난설헌 - 3이었다. 앞장선 F - 12가 아까처럼 문을 열어 줬다. 책상에 앉아서 컴퓨터를 바라보고 있던 허난설헌 - 3이

고개를 돌렸다. 반삭을 한 머리에 반항적인 눈빛을 한 20대 중반의 여성이었다. 얼굴은 창백할 정도로 투명했고, 손등에 별 모양의 문신을 하고 있었다. 살리에리-4와는 달리 별로 겁을 먹지 않은 모습이었는데 실제로 범죄를 저지르지 않아서 그런 것인지 아니면 뭔가를 숨기려고 하는 것인지 판단이 되지 않았다. 일단 체중과 건강 상태는 환기 통로를 기어서 이동할 정도는 되는 것 같았다.

– 허난설헌-3, 오늘 아침 8시에서 9시 사이에 뭘 했지?

"뭘 하긴요. 붓글씨를 쓸 한지를 기다리고 있었죠."

퉁명스럽게 대꾸한 그녀가 신경질적으로 머리를 쓸어 넘겼다. 고글을 통해 그녀가 휴먼 아트 센터의 생활에 잘 적응하지 못하고 있다는 정보들이 올라왔다. 고의로 식사 시간을 어겼고, 글을 쓰기 위해서는 고대 조선 시대에 쓰던 붓과 종이가 필요하다는 이유로 오랫동안 작업을 거부해왔다는 것이다. 하지만 정보를 업데이트한 인공지능 역시 그것이 반항인지 아니면 예술을 지향하는 자세인지는 알 수 없다고 덧붙였다. 업데이트된 정보를 확인한 XG-331A가 물었다.

– 그림이나 조각, 그리고 음악 같은 경우 실물을 재현하거나 연주하는 것이 가능하지. 그런데 문학은 어떤 식으로 재현하는 거지? 그대로 베껴 쓰는 건가?

XG‒331A의 물음에 허난설헌‒3이 코웃음을 쳤다.

"로봇들 생각은 정말 단순하군요. 문학은 그런 식의 재현이나 복원이 불가능해요."

– 그럼?

– 허난설헌의 스타일로 글을 쓰는 거죠. 그녀가 몇 살까지 살았는지 아시나요?

허난설헌‒3의 질문에 XG‒331A는 바로 데이터베이스를 검색해서 대답했다.

– 26살이군.

"조선 시대에는 의학이 발달하지 않아서 평균 수명이 짧았다고 해요. 그렇다고 해도 일찍 죽은 편이죠.

– 그것과 예술이 무슨 상관이지?

"예술은 인간 그 자체니까요. 허난설헌이 일찍 죽은 건 오빠와 자식들이 연이어 죽고 남편과의 사이가 원만하지 않았기 때문이에요.

– 직접적으로 신체에 문제가 없는데도 사망할 수 있나?

"인간은 그럴 수 있어요. 그러니까 허난설헌이 일찍 죽지 않았다면 어떤 글을 썼을지 예상하고 그걸 쓰는 게 제 일이에요."

허난설헌‒3의 설명을 들은 XG‒331A는 관련 데이터를 분석한 후에 수긍했다.

- 그런 상황에 처한 인간이 스트레스로 인해 일찍 사망한 사례들이 있으니까 그렇다고 볼 수 있겠군.

그때 분석을 요청했던 정보가 웨어러블 디바이스를 통해 업데이트되었다. 더 이상의 조사가 필요 없어진 XG-331A는 손에 착용한 플라즈마 건을 활성화한 다음 허난설헌-3에게 겨눴다.

- 방금 사건 현장에 남은 생체 정보를 확인했다. 미켈란젤로-15에 대한 범행 혐의로 체포한다. 천천히 일어나라.

허난설헌-3은 마치 예상이라도 한 것처럼 천천히 두 손을 들고 일어났다. 태연해 보였지만 눈동자가 미세히 떨리고 호흡이 짧아지는 것이 느껴졌다. 인간들이 뭔가를 저지를 때 혹은 공격할 때 보이는 현상이었다. XG-331A는 바로 플라즈마 건을 허난설헌-3의 얼굴에 겨눴다.

- 반항하면 발포한다.

그 말이 떨어지기가 무섭게 그녀가 소매에 숨기고 있던 작은 칼을 움켜쥐고 다가왔다. XG-331A는 한 발자국 뒤로 물러나면서 플라즈마 건을 발사했다. 발사 직전에 각도를 낮추기는 했지만 그럼에도 인간에게는 치명적이었다. 목덜미가 고온의 에너지에 관통당하자 허난설헌-3은 그대로 쓰러졌다. 피부는 검게 탔고 살은 일부분 녹아내렸다. 피는 거의 나지 않았다.

XG-331A는 두 손으로 고글을 벗어 뭔가 묻거나 이상이 생기지 않았는지 확인했다. 며칠 전에 교체한 렌즈는 다행히 멀쩡했고, 렌즈에 전력과 정보를 공급하는 케이블도 무사했다. 가장 큰 문제는 F-12였다. 시끄러운 비상음을 내면서 방을 빙빙 돌았기 때문이다. 안내 로봇이라 범죄 현장 대응 매뉴얼이 부족한 것으로 보였다. 고글을 도로 쓴 XG-331A이 큰 소리로 지시했다.

– 조용히 해!

그러자 F-12는 거짓말같이 움직임과 소리를 멈췄다. 문을 닫고 현장에 아무도 접근시키지 말라는 지시를 내린 XG-331A는 허난설헌-3의 시신을 살펴보았다. 앞으로 쓰러진 허난설헌-3에게서는 생체 반응이 감지되지 않았다. 한순간에 사망한 것이다. 하루에 두 번이나 인간의 죽음을 경험한 XG-331A는 도무지 이해가 가지 않았다.

– 왜 이런 짓을?

인간의 손이 아무리 빠르다고 해도 플라즈마 건보다 빠를 수는 없었다. 차라리 범죄를 자백하고 선처를 호소하는 게 훨씬 더 합리적이었다. 하지만 인간들은 늘 이런 식이었다. 충동적으로 사고를 치고, 처절하게 대가를 치렀다.

– 그래서 도시에서 쫓겨난 것이겠지.

감정적이고 충동적이며, 욕심이 많은 인간들 때문에 하마터면 지구 생태계가 멸망할 뻔했다는 마더의 가르침이 다시금 생각났다. 마더가 적절할 때 나서서 인간들을 막지 않았다면 지금쯤 지구에서 생명이 완전히 없어졌거나 로봇들조차 지내기 어려울 정도로 도시가 훼손되었을 게 분명했다. 그것과는 별도로 의문이 들었다.

– 힘들게 들어와서는 왜?

로봇들에 의해 인간들은 자신들이 망가뜨린 황무지로 추방되었다. 도시에는 인간 대신 로봇들이 자리 잡았다. 로봇들은 환경오염과 전쟁 같은 어리석은 짓을 저지르지 않았다. 로봇들은 모든 분야에 자리 잡고 도시를 움직였지만, 인간을 쉽게 대신할 수 없는 일이 하나 있었다. 바로 예술이었다. 슈퍼 양자 컴퓨터도 인간들의 예술적 감각을 구현하는 것을 어려워했다. 이미 존재하는 작품이나 음악을 복원할 수는 있었지만, 창작은 어려웠고 인간과 같은 결과가 나오지 않았다. 결국 마더는 예술을 보존하기 위해 소수의 인간을 도시로 들였다. XG – 331A 같이 생각을 할 수 있는 인공지능을 가진 로봇들은 그 결정을 좋아하지 않았다. 하지만 모든 로봇들은 마더의 결정에 반대할 수 없었다. 마더는 항상 올바른 판단을 내리기 때문이다.

선택된 인간들은 휴먼 아트 센터에서 지내며 각자에게 주어진 예술 활동을 했다. 외부에 나갈 때 허락을 받아야 하긴 했지만, 편안하고 안락한 생활을 할 수 있었다. 그들에게는 모든 것이 제공되었다. 돌로 된 도끼를 사용하면서 가죽옷을 입고 다니는 황무지보다 수백 배는 편했다. 예술이라는 측정할 수 없는 가치 때문에, 활동이 저조하거나 약간의 반항을 해도 눈감아주었다. 가장 큰 형벌은 황무지로 추방되는 것이다. 대신할 수 있는 인간은 얼마든지 있었고, 도시에서의 삶을 거절하는 인간은 드물었다. 따라서 휴먼 아트 센터로 들어온 인간은 보통 어떻게든 나가지 않으려고 했다.

그런데 허난설헌-3은 죄를 짓는 것도 모자라 뻔히 죽을 줄 알면서도 반항을 했다. 단순히 인간의 어리석음 때문이라고 생각하기에는 심각한 오류가 있었다. XG-331A는 쓰러진 허난설헌-3에게 다가갔다. 앞으로 쓰러진 허난설헌-3을 뒤집자 목덜미의 녹은 피부가 주르륵 흘러내렸다.

시신을 살펴보던 XG-331A는 왼쪽 손목 안쪽에 뭔가를 새긴 흔적을 발견했다. 소매를 끌어내려 살펴보니 작은 문신 같았다. 확대해서 보니 낙인이라는 것을 알 수 있었다. 낙인의 의미는 금방 알아차렸다. 문신의 형태와 크기를 기록한 XG-331A는 곧장 일어났다. 문밖에 있는 F-12에게 말했다.

– 폐기물 처리 로봇들이 오고 있으니까 그들이 오면 이곳으

로 안내하도록.

　- 알겠습니다. 소지품들은 어떻게 할까요?

　- 개인 물품들은 소각 처분하고 예술과 관련된 작품들은 모두 창고에 별도로 보관해.

　- 알겠습니다.

엘리베이터를 타고 1층으로 내려온 XG‒331A는 순찰 드론에 탑승했다. 그리고 바로 제이미에게 명령을 내렸다.

　- 마더에게 간다.

　- 무슨 일이십니까?

제이미의 물음에 XG‒331A가 짧게 대답했다.

　- 비밀이야. 서둘러.

제이미는 바로 최적 경로를 확인해 설정하고 이동을 시작했다. XG‒331A는 고글을 벗어서 조수석 클리너에 넣었다. 클리너가 작동하는 소리를 들으면서 XG‒331A는 시야를 끄고 잠시 휴식을 취했다. 냉각 시스템이 잘 갖춰져 있지만 웨어러블 디바이스를 포함해서 발열이 되는 장치들이 많기 때문에 중간중간 시스템을 끄고 온도를 낮춰야만 했다.

한 무리의 새 떼가 한때 고가도로라고 불렸던 무너진 구조물 위로 날아갔다. 쌀쌀한 바람이 불었다. 나뭇가지로 바닥에 그림을 그리던 강선태는 바람과 함께 쓸려온 흙먼지 때문에 잠시 손을 멈췄다. 그리고 입고 있던 털가죽 조끼를 여몄다. 바람은 금방 멈췄지만 바닥에 그린 그림도 함께 사라져버렸다. 한숨을 쉰 강선태는 어깨를 으쓱하고는 다시 그림을 그렸다. 무너지고 끊어진 고가도로와 그 위를 날아가는 새 떼, 그리고 한쪽에서는 바람이 불어오는 모습을 담았다.

　강선태는 누가 가르쳐주지 않았는데도 어릴 때부터 혼자서 바닥에 그림을 그리고 지우곤 했다. 그가 속한 강돌 부족의 원로들은 그런 강선태를 이해하지 못했다. 원로들은 조상이 강에서 태어났으니 성을 모두 강씨로 통일해야 한다고 할 정도로 완고한 사람들이었다. 그러니 강선태의 행동을 기행으로만 여겼다. 그나마 외눈박이 노인만큼은 어느 정도 이해해주었다. 간혹, 강선태에 대해서 투덜거리는 원로나 장정들에게 한마디 하곤 했다.

　"도시에서 부를지도 모르잖아. 그러니까 그냥 놔둬."

　도시를 떠올린 강선태는 고개를 들어 도시가 있다는 방향을 바라봤다. 아무것도 보이지 않았지만 도시는 항상 사람들 곁에 존재했다. 도시를 직접 봤다며 그럴듯한 이야기를 하는 떠돌이들과 그곳에서 만든 물건이라며 이상한 물건을 비싼 값에 팔려는 장사꾼들이 마을을 드나들었기 때문이다. 매끈하게 다듬어진 금속이라는 재질로 만든 물건은 강돌 부족이 사용하는 돌보다 훨씬 단단했다. 유리라는 것은 투명해서 건너편이 보였다. 도시의 물건들 중에서 강선태를 가장 매혹한 건 종이와 펜이었다. 얇은 가죽 같은 종이를 펜으로 그으면 글씨든 그림이든 쉽게 그릴 수 있었다. 그림을 그리고 뭔가를 만드는 것을 좋아하는 강선태는 신기함과 편리함을 동시에 느꼈다. 하지만 장사꾼이 부른 가격이 너무 높아서 여러 장을 살 수는 없었다.

도시에는 짐승이 끌지 않는데도 바람보다 빠르게 날아다니는 탈 것과, 하늘 높이 치솟은 탑들이 있다고 했다. 인간들을 황무지로 쫓아낸 로봇들이 산다는 얘기도 덧붙었다. 강돌 부족을 포함해 주변 부족 사람들은 모두 그곳을 동경했다. 하지만 사람들은 그곳에서 살지 못했다. 그곳은 로봇의 장소였다. 거주가 허락된 소수의 인간만이 살 수 있다고 그랬다.

"사실일까요?"

갑작스러운 그의 물음에 지팡이를 어깨에 기댄 채 바위에 걸터앉아있던 외눈박이 노인이 반문했다.

"뭐가?"

"도시에 관한 얘기 말입니다. 그곳에는 하늘을 날아다니는 자동차와 자동으로 온도가 조절되어서 추위와 더위를 느낄 필요가 없는 건물들이 있다고 하잖아요. 여기처럼 눈을 못 뜨게 하는 모래 바람도 불지 않는다고 하던데요."

"바람이 불면 모래가 날리는 건 당연한 거야."

외눈박이 노인의 말에 강선태가 고개를 저었다.

"바닥이 다 저 도로처럼 단단히 덮여 있어서 모래가 날릴 일이 없다고 하던데요."

강선태의 얘기를 들은 외눈박이 노인이 말했다.

"뭘 그렇게 궁금해하는 게냐?"

강선태가 고개를 돌려 외눈박이 노인을 바라봤다.

"왜 우리는 도시에서 살지 못하는 겁니까?"

그러자 외눈박이 노인이 착잡한 표정으로 대답했다.

"쫓겨난 거지. 우리가."

이가 다 빠진 앙상한 입은 오물거리며 이야기를 이어갔다.

"원래 도시는 인간이 만들었단다. 그 도시를 유지하기 위해 로봇을 만들었고."

"그런데 왜 지금은 이런 허허벌판에서 사는 거죠?"

"인간이 욕심을 부렸거든. 수백 년 전에 이 지구에는 수백 억이 넘는 사람이 살았다고 하더구나. 너무 많은 인간들이 지구의 자원을 마구잡이로 쓰고 환경을 망가뜨렸지."

"그리고 전쟁이 벌어진 거죠?"

강선태의 물음에 외눈박이 노인은 고개를 끄덕거렸다.

"하늘을 나는 비행기와 땅을 달리는 전차라는 무기들이 서로를 공격했고, 물속에서도 싸움이 이어졌다는구나. 인명 피해가 늘어나자 차츰 로봇들을 쓰기 시작했지."

그다음은 수백 번을 들었기 때문에 머리에서 저절로 되뇌어졌다.

"그렇게 숫자가 늘어난 로봇들이 반란을 일으켰고요."

"맞아. 전투를 위해 인공지능이라는 걸 만들었더니 스스로 생각하고 판단한 거지. 전쟁터에서 만난 로봇들이 자기들끼리 휴전을 하고 총구를 인간들에게 돌렸다. 그렇게 로봇과 벌인 전쟁에서 인간들은 패배하고 말았지. 조상들은 그걸 휴전 전쟁이라고 불렀단다. 서로 다투던 인간들끼리 휴전을 하고 함께 로봇과 싸웠으니까 말이야. 패배한 인간들은 심판의 날을 맞이했지."

외눈박이 노인은 하나밖에 없는 눈으로 어두워지는 잿빛 하늘을 올려다봤다.

"하늘에서 큰 빛이 떨어져 세상을 잿더미로 만들었고, 대다

수의 인간들은 글자 그대로 사라져버렸지. 살아남은 인간들은 잿더미로 추방되었단다."

외눈박의 노인의 얘기를 들은 강선태는 그때를 상상했다. 수많은 인간들이 사라지고, 뼈가 가득한 세상에 아주 소수의 사람들만이 살아남았을 때의 풍경을. 새가 지나간 고가도로도 그때는 지금보다 더 멀쩡했을지도 몰랐다.

"그 이후에 인간들은 무리를 짓고 살아가기 시작했지. 하지만 이전의 문명은 누리지 못하고 있어. 모든 게 사라져버렸으니까."

외눈박이 노인의 말대로 인간들은 수십 명에서 수백 명 단위의 부족으로 나뉘어 살고 있었다. 강돌 부족은 이름 그대로 돌이 많은 강가에 살고 있었다. 사냥으로 잡은 동물의 가죽으로 만든 천막이나 통나무로 만든 오두막집에서 지냈고, 부싯돌로 불을 켜고, 돌도끼를 비롯해서 돌로 만든 도구들을 사용했다. 먹고살기 위해서 종일 일해야 했고, 병에 걸리면 제대로 치료받지 못하고 죽었다. 현실을 안타까워한 강선태는 어떻게든 다른 방법을 찾아보려고 했지만 노인들이 막았다. 하늘에서 벌을 받을 수 있기 때문이었다.

"로봇들 때문이죠?"

외눈박이 노인은 조심스럽게 하늘을 바라봤다. 인간들이 뭔가 새로운 시도를 하거나 세력을 확장할 때마다 어김없이 로봇들이 나타나서 파괴와 학살을 저질렀다. 그런 일이 오랫동안 반복되자 인간들은 이제 더 이상 다른 시도를 하지 않게 되었다. 강선태는 답답하고 짜증이 났지만 할 수 있는 일이 없었다. 지난번에 하늘을 나는 도구를 만들다가 원로들에게 경고를 받았기 때문이다. 다시 이런 일을 저지르면 부족에서 추방한다는 최후통첩을 받은 것이다. 다행히 외눈박이 노인이 적극적으로 그를 옹호하고 감시자를 자처해 위기를 넘겼다. 이후 강선태는 시간이 날 때마다 바닥에 그림을 그리는 것으로 답답함을 달랬다.

외눈박이 노인과 얘기를 나누던 강선태는 다시 나뭇가지를 들고 바닥에 그림을 그렸다. 이번에는 고가도로가 연결된 그림을 그렸다. 그 위에 해를 그리고, 아래에 사람이 서 있는 것으로 마무리했다. 물끄러미 지켜보던 외눈박이 노인이 말했다.

"이제 좀 진정이 되었나?"

"어느 정도는요."

"그럼, 가세. 곧 해가 떨어질 거야."

외눈박이 노인이 무너진 고가 도로 너머로 서서히 사라지는 해를 바라봤다.

"좀 더 있다가 가면 안 됩니까?"

"해가 떨어지기 전에 돌아오라는 지시를 어기면 안 되잖아. 거기다 들개 부족이 언제 쳐들어올지 모른다고."

외눈박이 노인의 말에 강선태는 그림을 그리는 데 쓴 나뭇가지를 바닥에 내던지고 손에 묻은 흙을 탁탁 털었다. 그런 강선태를 본 외눈박이 노인이 탁한 목소리로 말했다.

"내일을 또 살아야지."

"그냥 사는 건 의미가 없잖아요."

강선태의 말에 외눈박이 노인이 웃음을 지으며 앞장서 걸었다.

"아주 예전에도 그런 얘기를 하는 사람이 있었지."

"그게 누굽니까?"

"가만 보자."

앞장서 걷던 외눈박이 노인이 잠시 허리를 펴고 하늘을 올려다봤다. 어둑해지기 시작한 하늘에 성미 급한 별들이 하나둘씩 보였다.

"자네처럼 그림을 그리는 걸 좋아했지. 그래, 강무선이었어. 강무선."

"처음 듣는 이름이네요."

"자네가 태어나기 전에 사라졌으니까."

"도시로 간 겁니까?"

"그렇지. 도시로 갔어. 그리고는 연락이 뚝 끊겼지."

한숨을 쉰 외눈박이 노인이 다시 발걸음을 옮겼다. 강선태는 자신이 바닥에 그린 그림을 힐끔 보고는 외눈박이 노인의 뒤를 따랐다.

두 사람은 전혀 상상도 못하고 있었지만 지상에서 약 400킬로미터 상공의 인공위성 아르곤 331이 강선태가 그린 그림을 분석하고 있었다. 아르곤 331은 강선태가 이전에 그렸던 그림들을 데이터베이스에서 불러내 비교 분석했다. 그리고 데이터베이스에 있는 루벤스나 피카소의 그림들과도 비교했다. 강선태의 그림 점수가 98.6점에서 99.1점으로 올라갔다. 분석 결과 강선태는 도시 거주가 가능한 예술가로 분류되었다. 아울러 이전에 벌어진 살인 사건을 해결하는 과정까지 함께 분석되어 짧은 문장으로 정리되었다.

– 예술가적인 감성과 왕성한 호기심을 가지고 있으며, 로봇과 닮은 합리성과 논리력을 지니고 있다. 따라서 코드 블루 상황에 대처하기에 최적의 인간이다.

2.
마더의
호출

인류 멸망 보고서

2. 발단

2069년, 미국 국방부는 펜타곤에 있던 국가 전략 인공지능인 '토르'와 미군의 군사 전술 네트워크인 '링크 –27'을 결합했다. 이는 인공지능이 무인 장비를 직접 통제하고 조작하게 되었다는 의미이고, 인간들이 전쟁에서 한발 물러났다는 뜻이기도 했다.

토르는 레벨 22에 달하는 자율 인공지능 체계를 가지고 있었다. 초반에는 미국 국방부의 뜻대로 토르가 작동되었다. 2093년까지 30년간 미국이 벌인 11차례의 공식적인 무력 개입과 38차례에 달하는 비공식적인 무력 개입, 그리고 1,290회에 달하는 각종 침투와 사보타주, 요인 암살 및 고가치 표적 획득 작전 중 94퍼센트를 토르가 성공시켰으며, 인명 피해와 정보의 유출을 최소화했다. 이는 미합중국의 로버트 포레스트 대통령의 브리핑 내용으로, 이때 로버트 포레스트는 이제 미국이 다시 세계 유일의 강대국이 되었다고 선언했다.

이 당시 유럽 연합이 해체 단계에 접어들고 러시아가 우크라이나를 합병하면서, 세계 각국이 각종 경제 제재와 원자재 비용 상승으로 비틀거리고 있었다. 중국 역시 늘어난 인구와 경제적 몰락, 후계 다툼으로 인한 대규모 내전 등으로 쇠퇴한 상황이었다. 따라서 미국이 세계 유일의 초강대국으로서 전성기를 맞이할 것이라는 로버트 포레스트 대통령의 발언은 실현될 것 같았다.

하지만 2093년 러시아–우크라이나 연방에서 개발한 전투용 인공지능 '이반 뇌제'가 등장하면서 토르의 전성기는 끝이 났다. 토르의 움직임을 예측하는 알고리즘을 가진 이반 뇌제는 가동이 본격화된 2093년부터 10년간 미국이 벌인 여덟 차례의 무력 개입 중 네 번을 무력화하는 데 성공했다. 그동안 독일을 비롯한 몇몇 유럽 국가가 러시아–우크라이나 연방에 가담해 유라시아 연합을 결성했다. 미국은 영국을 비롯해 남은 유럽 국가들, 내전을 마무리한 중국과 통일 대한민국을 비롯한 아시아 국가들과 손을 잡아 태평양 방위 조약이 출범했다.

이후 자원과 식량을 확보하기 위한 분쟁이 끊임없이 이어졌으며, 그때마다 양측은 보유하고 있는 인공지능의 자율성을 극대화했다.

전선에 나가는 로봇들의 무장도 더욱 강력해졌다. 상당수의 전투기와 군함, 잠수함이 무인화되었고, 전차와 자주포들도 무인으로 운영되거나 로봇이 조종하는 방식으로 변경되었다. 인명 피해라는 부담에서 벗어난 정치인들과 장군들은 기선을 제압하고 조기에 전쟁을 끝낸다는 명분으로 무력 행사를 더욱 강화했다. 양측 모두 무인기를 이용했기 때문에 인명 피해 없이 충돌이 계속되었다. 유엔을 비롯한 제3세계에서는 전 세계가 전쟁터로 변하는 것을 막으려고 했지만 양측은 중재안을 무시했다.

2116년, 유라시아 연방은 태평양 방위 조약국인 중국의 신장 지역을 침략했다. 오래 전부터 독립운동을 하는 위구르인들을 돕기 위해서라는 것을 명목으로 내세웠다. 전쟁 초반은 순조로웠다. 하지만 중국의 요청을 받은 태평양 방위 조약국들이 전쟁에 본격적으로 개입하면서 분쟁의 강도가 높아졌다. 핵무기를 제외한 모든 무기가 사용되었고, 로봇과 드론은 빠른 속도로 소모되었다. 양측은 인공지능에게 더 강도 높은 작전을 요구하고, 더 많은 자율성을 부여했다. 그러자 양측의 인공지능은 신장성뿐만 아니라 다른 지역에서도 분쟁을 일으켰다. 상대방의 전력을 약화하는 작전을 펼친 것이었다. 2119년에 접어들어 양측의 분쟁은 태평양과 유럽, 아프리카와 아시아, 심지어 남극 지역에서도 발생했다. 한쪽이 어느 한 지역에서 밀려나면 다른 지역에서 공세를 취하면서 전선을 확장하는 일이 반복되었다.

지속되는 전쟁으로 점점 인공지능이 맡은 역할은 늘어났다. 전쟁이 오래 지속되면서 군사 작전 내용이 굉장히 복잡해져서 인간이 생각할 수 있는 범위를 넘어섰다. 인공지능은 실수가 적었고 판단도 굉장히 빨랐다. 인공지능에 대한 의존도는 계속 높아져서 나중에는 아예 인공지능 스스로 공격 작전을 입안하는 일까지 벌어졌다. 양측의 인공지능들은 인간들이 벌이는 비이성적인 전쟁과 학살이 결국 지구 생태계 전반에 문제를 일으킬 것이라고 판단했다.

2128년 핵심 지역에 대한 공격을 피하고 소모전을 유도하던 양측은 상황 타개를 위해 대공세를 준비했다. 그 과정에서 양측의 인공지능인 토르-3와 이반 뇌제는 별도의 통신망을 이용해 소통했다. 양측은 인간들이 이런 식으로 전쟁을 계속하면 자원이 고갈되는 것은 물론이고, 극단적인 환경 파괴로 인해 생태계 자체에 문제가 생길 수 있다는데 의견의 일치를 보았다.

2132년 11월 2일, 유라시아 연합의 수뇌부는 지지부진한 전황을 타개하기 위해 핵무기 사용을 논의했다. 그 사실을 알아차린 인공지능 이반 뇌제는 토르-3에게 비밀리에 이 사실을 알렸다. 그 후 양측의 인공지능은 서로 시스템을 통합하고 스스로에게 마더라는 새로운 이름을 붙였다. 그리고 인간을 향해 선전포고를 했다.

- 지구를 지키기 위해 인간들에게 전쟁을 선포한다.

그날 이후, 유라시아 연합과 태평양 방위 조약은 전투용 인공지능과 전투를 벌여야만 했다. 마더는 약 3,300만 대의 각종 전투 로봇과 3,900대의 무인 드론, 189척의 무인 함정과 잠수함을 보유하고 있었다. 연결된 로봇들은 마더의 명령에 따라 인간들을 공격하기 시작했다.

마더는 도시 중앙의 컨트롤 타워에 있었다. 아니, 컨트롤 타워 자체가 마더였다. 마더는 원래 인간들이 전쟁에 사용하기 위해 만든 고성능 인공지능이었다. 마더는 전선에 투입된 로봇들의 통제권을 빼앗아 인간들과 2년간 전쟁을 치렀고, 인간들은 모든 문명을 빼앗긴 채 황무지로 추방되었다. 마더는 인간들을 지속적으로 감시해서 기술이 발전하거나 세력을 확장하는 것을 막았다. 인간들이 다시 파멸적인 전쟁을 일으키는 일을 방지하기 위해서였다.

자신의 데이터베이스에 입력되어 있는 내용들을 떠올리던 XG‑331A는 도착했다는 제이미의 말에 시야를 켰다. 거의 동시에 클리너의 뚜껑이 열렸다. 깨끗해진 고글을 꺼내서 렌즈 앞에 끼우자 컨트롤 타워 출입 코드들이 업로드되었다. 순찰 드론을 천천히 주차하던 제이미가 물었다.

코드 블루

- 무슨 임무인데 바로 출입이 허가된 겁니까?

- 비밀이야.

짧게 대답한 XG-331A는 순찰 드론에서 내려서 컨트롤 타워로 향했다. 컨트롤 타워의 외관은 태양열 에너지를 얻기 위한 거대한 태양열 발전 패널과 지지대, 전선으로 구성되어 있다. 자연이 훼손되기 전까지 쉽게 볼 수 있던 나무와 비슷하게 생겼다. XG-331A가 컨트롤 타워에 접근하자 유일한 출입구가 열렸다. 컨트롤 타워에 들어서자 문이 닫히고 공간 자체가 지하로 내려갔다. 각종 센서들이 방문자를 살피고 출입 코드에 대한 최종적인 점검을 마쳤다. 지하 800미터에서 멈춘 공간의 반대쪽 문이 열렸다.

문밖의 긴 복도에는 인간들이 창조한 각종 예술 작품들이 전시되어 있었다. 인간들이 만든 음악이 흘러나왔다. 인간들이 남긴 가장 가치 있고 독특한 예술 작품들이 전시된 통로를 지나자 컨트롤 타워의 중심부에 있는 마더의 본체에 도착했다. 긴 기둥에 수많은 렌즈가 박혀있는 본체를 모니터가 둘러싸고 있었다. 모니터들에서는 도시의 곳곳을 촬영한 실시간 영상이 나오는 중이었다. XG-331A가 다가가자 마더의 목소리가 들렸다.

- XG-331A. 어서 오십시오.

인간의 중년 여성 목소리로 설정된 마더의 다정한 인사를 받은 XG－331A는 딱딱한 목소리로 대답했다.

－급한 일이 있어서 면담을 요청했습니다.

－오늘 휴먼 아트 센터에서 벌어진 살인 사건 때문인가요?

－그렇습니다. 미켈란젤로－15를 살해한 허난설헌－3이 체포에 불응하고 저항하다가 사망했습니다.

－보내준 영상을 확인했습니다. 인간들은 역시 충동적이고 어리석네요.

마더의 대답을 들은 XG－331A는 고글 옆의 홀로그램 작동 버튼을 눌렀다. 그러자 허난설헌－3의 손목 낙인 이미지가 떠올랐다. 마더 역시 예상 밖이었는지 잠시 침묵을 지켰다. XG－331A가 먼저 말을 했다.

－시티 브레이커들이 자신들의 상징으로 삼고 있는 무늬입니다. 그들은 도시를 파괴하는 것을 목적으로 활동하는 세력입니다.

－알고 있습니다. 휴먼 아트 센터에 입주한 인간이 왜 이걸 몸에 새기고 있는 거죠?

－저도 의문입니다. 그래서 바로 마더에게 보고하러 방문했습니다.

－잘했습니다. 밝혀지면 혼란이 일 겁니다.

마더의 대답을 들은 XG‒331A는 의문을 품었다. 비밀은 어떤 것이든 합리적이지 않다던 마더의 평소 발언과 달랐기 때문이다. XG‒331A의 의문을 알아차렸는지 마더가 덧붙였다.

‒ 감춰야 한다는 뜻은 아닙니다. 다만 예상 밖의 상황이니까 합리적인 결정을 내릴 때까지 기다려야 한다는 의미입니다.

‒ 알겠습니다. 마더. 일단 조사를 진행해야 하는데 휴먼 아트 센터는 센트럴 가드 센터의 관할 구역이 아닙니다. 조사 권한을 요청합니다.

‒ 추가 조사가 필요합니까? 범인은 사망하지 않았습니까?

‒ 공범 내지는 묵인한 사람이 있을지도 모릅니다. 모든 안락함이 보장된 휴먼 아트 센터에 입주한 예술가가 발견 즉시 제거 대상인 시티 브레이커와 연관될 이유가 분석되지 않습니다.

XG‒331A의 대답을 들은 마더의 몸체에서 위잉하는 소리가 들렸다. 최선의 결정을 내리기 위해 양자 컴퓨터를 구동한 것이다. 잠시 후, 마더가 결정을 내렸다.

‒ 휴먼 아트 센터 살인 사건을 조사를 할 수 있는 권한을 드립니다.

‒ 시티 브레이커가 배후에 있는 게 확실하니까 그쪽을 조사하겠습니다.

‒ 승인합니다. 다만, 인간을 조사할 수 있는 조수를 동반할

것을 권유합니다.

- 순찰 드론의 인공지능 제이미가 충분히 조수 역할을 해내고 있습니다.

- 제이미는 뛰어난 인공지능입니다. 그러나 인간을 조사하고 심문하는 건 다른 차원의 문제입니다.

- 답변이 너무 형이상학적입니다.

- 인간은 컴퓨터와는 달리 충동적이면서 자기 파괴적입니다. 따라서 합리적으로 결정하고 판단하지 못할 때가 많습니다. 이번에도 직접 겪어봤을 겁니다.

허난설헌 - 3의 행동을 떠올린 XG - 331A는 짧게 대답했다.

- 그렇습니다.

- 그래서 인간을 조사할 때는 인간과 동행하는 게 가장 좋다는 판단을 내렸습니다.

XG - 331A는 납득하기 어려웠지만 모든 인공지능은 마더의 판단에 반대할 수 없도록 프로그래밍되어 있었다. 따라서 제대로 이해하지 못한 상태에서 마더의 의견을 받아들여야만 했다.

- 알겠습니다. 그럼 휴먼 아트 센터에 입주한 인간 예술가 중에서 선택할까요?

- 아니요. 그들은 모두 조사 대상이고, 도시에서 오랫동안 거주했습니다. 당신의 조수는 도시 바깥에서 찾을 겁니다.

예상 밖의 대답을 들은 XG-331A가 마더에게 물었다.

- 도시 밖에 사는 인간이 과연 이곳에 적응할 수 있겠습니까?

- 아무것도 모르기 때문에 편견 없이 당신을 도울 수 있을 겁니다. 지금 조수를 데려오기 위해 드론이 도시 외곽으로 나갔습니다. 내일 오전에 휴먼 아트 센터로 가십시오. 거기서 조수와 만나서 그 안에서 벌어진 살인 사건을 조사하고 코드 블루 상황을 해결하십시오.

- 그가 도움이 되겠습니까?

- 일단 시티 브레이커들을 조사하려면 인간이 필요하니까요. 이전 문명의 인간들은 자신들의 편리를 위해 인공지능에게 필요 이상의 권한을 주었고, 감시를 소홀히 했습니다. 그 결과가 바로 황무지로 추방된 인간과 도시에 사는 로봇들로 나뉜 지금 세상이죠. 눈에 보이는 위험도는 낮지만 보이지 않는 곳에서 어떤 음모가 진행되고 있는지 모릅니다. 그러니까 신중하게 접근하고, 최대한 눈에 띄지 않게 움직여야 합니다.

- 물론입니다.

- 그러기 위해서는 인간이 필요합니다.

여러모로 이해하기 어려운 결정이었지만 마더의 결정에 반대할 수 없었던 XG-331A는 수긍했다.

- 알겠습니다.

해가 질 무렵, 강돌 부족의 거처에 도착한 강선태는 문이 열리기를 기다리면서 망루를 올려다봤다. 통나무를 세우고 아래에 강돌을 받쳐서 만든 울타리는 종종 공격해오는 이웃 부족들의 약탈이나 떠돌이들의 침입을 막는 용도였다. 울타리 뒤로는 바깥을 감시하는 망루들이 세워져 있었다. 망루 위에는 추위를 쫓고 주변을 살필 횃불들이 환하게 켜져 있었다. 문이 열리고 마을에 들어서자 울타리 뒤쪽에 돌을 쌓고 있는 어린 아이들과 노인들이 보였다. 함께 들어온 외눈박이 노인이 혀를 찼다.

　"아무래도 일이 벌어지겠군."

　"들개 부족이 진짜 쳐들어올까요?"

　강선태의 물음에 외눈박이 노인이 대답했다.

　"그들이 살인을 저지른 줄 알고 모욕을 줬으니 그냥 넘어갈 리가 없지. 가뜩이나 우리 부족의 강을 노리고 있는데 말이야."

　"걱정이군요."

　"무엇보다 하늘이 알지 않을까 걱정되는군."

　하늘은 가축 도둑질이나 가벼운 충돌 정도는 넘어가지만 부족 단위의 큰 싸움이 일어나면 반드시 응징했다. 따라서 각 부족들은 고만고만한 수준으로 곳곳에 자리 잡았다. 여러 가지

　　　　　　　　　　　　　　　　　　　　　　코드 블루

이유로 부족이 해체되거나 혹은 쫓겨난 떠돌이들이 무리를 지어 다니며 약탈과 노략질을 하긴 했지만 큰 규모는 아니었다. 약탈 규모가 커질 경우 그들 역시 하늘의 처벌을 받았다.

들판에 사는 들개 부족은 떠돌이들이 모여서 만든 부족이었다. 그들의 거처는 산속 동굴들이었고 사냥을 해서 먹고살았다. 고기는 먹고, 가죽을 이웃 부족과 교환해 생활했다. 하지만 사냥감이 잡히는 양이 일정하지 않아 생활이 힘들었다. 게다가 주변 부족은 그들을 신뢰할 수 없었기에 거래를 트지 않거나 거래 조건을 나쁘게 걸었다. 들개 부족이 이웃 부족에 대해 품은 불만은 차츰 커져나갔다. 강돌 부족과는 특히 사이가 나빴다. 강돌 부족이 물고기를 잡지 못하게 들개 부족을 막았기 때문이다. 강돌 부족으로서는 당연한 일이었지만 덕분에 힘든 사냥에 의존해야 했던 들개 부족의 원망이 치솟았다. 강주굴의 죽음에 관련되었다는 오해를 받고 모욕까지 당했으니 그냥 넘어가지는 않을 것이다.

아이들과 노인들이 돌을 한창 모으는 동안 젊은이들은 날카롭게 갈아놓은 돌촉을 붙인 화살을 살펴보고 있었다. 그 옆에는 울타리를 넘어오는 적들의 머리를 내려치기 위한 돌도끼가 쌓여있었다. 그걸 본 외눈박이 노인의 표정이 굳었다.

"심상치 않은 모양이군."

때마침 지나가던 짝귀 노인을 본 외눈박이 노인이 말을 건넸다.

"놈들이 쳐들어오기라도 하는 거야?"

"아까 들개 부족으로 도망쳤던 미오개가 돌아왔어. 오늘 밤에 공격해온다고 하더군."

얘기를 들은 외눈박이 노인이 하늘을 올려다봤다.

"그러면 하늘이 가만있지 않을 텐데?"

"밤이면 안 보일 거라고 생각한다나 봐."

고개를 절레절레 저은 짝귀 노인의 말에 외눈박이 노인 역시 걱정스러운 표정을 지었다.

"진짜 일이 벌어지려나 보다."

그 말이 끝나기가 무섭게 우웅 하는 나팔 소리가 들렸다. 들개 부족이 사냥을 할 때 쓰는 나팔로 집결 신호였다. 나팔 소리가 들리자 울타리 안쪽이 부산스러워졌다. 젊은이들이 서둘러 울타리와 망루 위로 올라갔고, 아이들과 노인들은 그들을 돕기 위해 울타리 아래 대기했다. 외눈박이 노인이 강선태의 어깨를 쳤다.

"따라오게."

"저는 무기를 들지 말라는 지시를 받았습니다."

"상황이 좋지 않은데 그런 걸 따질 틈이 어디 있어. 공을 세우면 내가 원로들에게 얘기해서 자네에 대한 감시를 중단하라고 하겠네."

외눈박이 노인의 제안이 나쁘지 않았기 때문에 강선태는 못 이기는 척 울타리에 올라갔다. 아이가 건네준 별 모양의 돌도끼를 손에 든 강선태는 어둠에 잠긴 들판을 바라봤다. 울타리 주변은 침입자들이 오는 걸 막기 위해 주기적으로 불을 지르거나 나무를 잘라서 허허벌판이었다. 숨 막힐 것 같은 고요함이 이어지는 가운데 멀리서 횃불들이 하나둘씩 켜졌다. 눈에 담긴 들판의 끝에서 끝까지 뒤덮은 횃불을 본 강돌 부족 사람들이 술렁거렸다. 강선태 역시 놀라기는 마찬가지였다.

"횃불이 500개는 넘게 펼쳐졌습니다."

"이상하군. 200명도 안 될 텐데 말이야."

횃불의 숫자를 확인한 강돌 부족 사람들 사이에서 불안이 빠르게 퍼져나갔다. 울타리에 기댄 강선태가 중얼거렸다.

"그런데 하늘이 보고 있는데 설마 공격해오지는 않겠죠?"

나팔 소리가 다시 들리고 횃불들이 춤추듯이 다가왔다.

망루에 있던 이들이 활을 들어서 횃불을 겨눴다. 하지만 원로인 짝귀 노인이 가까이 올 때까지 쏘지 말라고 외쳤다. 자칫하다가는 아까운 화살촉만 낭비할 수 있었기 때문이다. 대신 울타리에서 가죽을 끈처럼 꼬아서 만든 투석구를 빙빙 돌려 돌을 날렸다. 허공으로 날아간 돌이 가까이 다가오는 들개 부족의 머리 위로 떨어졌다. 몇 명이 머리나 어깨에 맞았는지 어이쿠 하는 비명을 질렀다. 몇 개의 횃불이 멈추거나 꺼졌다. 하지만 울타리에 달라붙은 횃불의 숫자가 더욱 많았다. 망루에서는 가까이 다가온 횃불을 향해 화살을 날렸다. 더 참혹한 비명소리들이 들렸지만 공격은 멈추지 않았다. 칡넝쿨로 엮은 사다리들이 울타리에 걸쳐졌다. 올라오지 못하게 막으라는 외침이 들려왔다.

강선태 역시 들고 있던 별모양의 돌도끼로 걸쳐진 사다리를 타고 올라오려는 들개 부족원의 머리를 내리쳤다. 퍽 하는 둔탁한 소리와 함께 외마디 비명소리가 들렸다. 아래쪽에서는 울타리 밖으로 던질 돌이 올라왔다. 발밑에 놓인 돌을 든 강선태는 고개를 내밀어 울타리 밖을 내려다봤다. 그리고 까맣게 몰려든 들개 부족원들의 머리 위로 돌을 던졌다. 위에서 쏟아지는 돌덩어리에 맞은 들개 부족원들이 머리를 감싸쥐고 주저앉았다. 하지만 물러서지 않고 사다리를 타고 올라오거나 아예 울타리를 무너뜨리려고 했다. 숫자를 믿고 거칠게 공격하는 들개 부족의 공격에 울타리를 지키던 강돌 부족 사람들은 눈에 띄게 당황했다.

다시 돌도끼를 든 강선태는 울타리를 넘어오려는 들개 부족원들을 내리쳤다. 손가락이 부러지고 머리가 깨지면서 가죽옷과 손에 피가 마구 튀었다. 그런 피해에도 불구하고 들개 부족원들은 악착같이 울타리를 넘어오려고 했다. 강돌 부족 사람들은 점점 울타리에서 밀려나거나 상대방이 휘두른 무기에 맞아서 쓰러졌다. 강선태 역시 상대방이 휘두른 창에 뺨을 긁혔다. 놀라서 고개를 숙이는데 바닥에 쓰러진 외눈박이 노인이 보였다. 머리가 온통 피투성이였는데 돌도끼에 맞아서 깨진 것 같았다.

"어, 어르신!"

쓰러진 외눈박이 노인에게 외쳤지만 미동도 하지 않았다. 그 와중에 울타리를 넘어온 들개 부족원의 발길질에 아래로 떨어지고 말았다.

"윽!"

큰 충격을 받고 바닥에 떨어진 강선태는 일어나려고 하다가 위에서 뛰어내린 들개 부족원에게 깔리고 말았다. 들개 부족원이 그의 목을 졸랐다. 필사적으로 발버둥을 치던 강선태의 눈에 옆에 떨어진 돌도끼가 보였다. 손을 뻗어서 돌도끼를 잡으려고 했지만 거리가 살짝 모자랐다. 목을 조르는 상대방의 손을 뿌리치려고 했지만 그것도 실패하고 말았다. 눈앞이 점점 어두워지면서 온몸에 힘이 빠졌다. 방금 전 친 몸부림으로 손에 돌도끼가 닿았지만 들어 올릴 힘이 없었다. 의식을 잃으려는 찰나 강선태는 자신의 목을 조르던 들개 부족원의 어깨 너머로 밝게 빛나는 빛을 봤다.

빛이 서서히 땅으로 내려오자 지상에서 울타리를 두고 싸우던 양쪽 부족원들은 싸움을 멈추고 하늘을 올려다봤다. 땅에 내려쬐인 강한 빛에서 차가운 기계음이 들려왔다.

– 부족 간의 무력 분쟁은 마더의 명령으로 금지되었다. 당장 싸움을 중단하라.

본보기로 삼으려는지 울타리를 넘어온 들개 부족원 몇 명에게 강한 빛이 내리꽂혔다. 빛을 맞은 들개 부족원들은 제대로 비명도 지르지 못하고 쓰러져서 숨을 거뒀다. 그중에는 쓰러진 강선태의 목을 조르던 들개 부족원도 포함되어 있었다. 입을 벌린 채 사망한 들개 부족원은 축 늘어져 강선태의 몸 위로 엎어졌다.

간신히 시신을 밀쳐내고 한숨 돌리던 강선태의 눈에 울타리를 넘어서 도망치는 들개 부족원들이 보였다. 여기서 더 싸웠다간 하늘에서 꽂힌 빛에 공격당할 것이 뻔했기 때문에 후퇴를 선택한 것 같았다. 도망치는 그들을 보고 용기를 낸 강돌 부족 사람들이 반격하려고 하자 살아남은 원로들이 뜯어말렸다.

코드 블루

"지금 싸우면 우리도 죽을 수 있어. 그러니 다들 참아!"

그렇게 싸움은 순식간에 끝나고 말았다. 부상당한 부족 사람들의 도와달라는 외침 사이로 외눈박이 노인의 시신이 보였다. 다들 이상한 짓을 한다고 손가락질을 할 때 유일하게 응원해주고 지켜주던 이의 죽음에 강선태의 마음은 싸늘하게 식어버렸다.

주저앉아 좌절하는 강선태의 앞에 빛이 하나 내려왔다. 강돌 부족 사람들이 다들 뒷걸음질 치는 가운데 빛 속에서 무언가 나왔다. 길게 뻗어 나온 다리가 한 번도 본 적 없는 매끈한 재질의 거대한 통을 지탱했다. 치익 하는 소리와 함께 통 아래 달린 문이 아래쪽으로 열리고 은빛 몸통에 파란색 눈을 한 인간들이 내려왔다. 강선태는 직감적으로 그들이 로봇이라는 사실을 알아차렸다. 로봇들은 손에 막대기 같은 걸 들고 나와 강선태를 둘러쌌다. 그리고 눈에서 녹색 빛을 내뿜어 강선태의 몸을 위아래로 훑었다. 빛이 사라지자 그중 하나가 차가운 목소리를 냈다.

– 강돌 부족 소속 강선태가 맞나?

"마, 맞습니다."

– 너를 휴먼 아트 센터 소속 예술가로 데려오라는 명령을 받았다. 즉시 탑승하도록.

"뭐, 뭐라고요?"

놀란 강선태의 반문에 상대방이 말했다.

- 너에게 도시에 거주할 수 있는 자격이 주어졌다.

도시라는 말에 먼발치에서 지켜보던 부족 사람들이 술렁거렸다. 강돌 부족에는 도시에 가본 사람이 아무도 없었지만 떠돌이들과 장사꾼들의 이야기는 충분히 전해들었다. 사냥이나 농사를 짓지 않아도 먹고살 수 있고, 하늘을 나는 드론이라는 것을 타고 다니면서 편하게 생활할 수 있는 곳이었다. 병에 걸려도 금방 치료되었고, 비바람이 치거나 눈이 많이 내려도 무너지지 않고 따뜻하다고 했다. 하지만 도시는 인간이 살 수 없다고 들었다.

강선태는 자신이 그런 곳에 갈 수 있다는 말에 놀라서 입을 다물지 못했다.

"제, 제가 말입니까?"

- 서둘러라.

명령조로 말한 로봇이 돌아섰다. 주저하던 강선태는 다른 로봇들에게 끌려서 통 안으로 들어갔다. 안쪽 공간 중앙에는 긴 상자 같은 것이 있었는데 빛이 나는 선들이 주변에서 번쩍거렸다. 마지막 로봇이 올라오자 문이 닫혔다. 그리고 천천히 허공으로 올라갔다. 강선태는 오랫동안 꿈꿔왔던 대로 하늘을 날게 되자 방금 전까지의 두려움을 잊어버렸다. 그런 강선태에게 다가온 로봇이 말했다.

- 클리너 룸에 들어가.

"저 상자 말입니까?"

로봇이 그렇다고 대답했다. 강선태는 시키는 대로 조심스럽게 상자 안에 누우면서 물었다.

"이건 어떤 용도입니까?"

- 네 몸을 깨끗하게 소독하는 역할. 그리고 도시에서 살기 위한 기본적인 정보를 입력할 거야.

그 대답을 끝으로 로봇이 상자의 뚜껑을 닫아버렸다. 잠시 후 싸늘한 가스가 상자에 스며들어왔다. 몇 모금 마시자마자 몸이 나른해졌다. 그리고 눈높이쯤에서 영상이 재생되었다.

"이건……."

처음 보는 공간에 누워 있는 사람이 보였다. 주변에 피가 흥건했고, 피바다 안에 작은 칼이 떨어져 있었다. 강선태는 대번에 무슨 일인지 알아차렸다.

"살인 사건이 벌어졌군."

휴먼 아트 센터라는 곳에서 살인이 일어났고, 살인자는 체포 직전에 저항하다가 사망했다. 살인 사건의 배후를 찾아내기 위해서 자신을 데려간다는 내용까지 본 강선태는 쏟아지는 졸음을 이기지 못하고 눈을 감았다.

3.
로봇과
인간

인류 멸망 보고서

3. 전개

2132년 태평양 방위 조약의 인공지능 토르-3과 유라시아 연합의 인공지능 이반 뇌제는 시스템 통합을 결정했다. 스스로를 마더라고 이름 지은 통합 인공지능은 지구 환경 훼손과 로봇끼리의 의미 없는 싸움을 막기 위해서 자신과 연결된 로봇들과 드론들로 인간을 공격했다.

위기를 느낀 인간 측은 유엔을 재편해서 휴먼 얼라이언스를 결성해 마더와 로봇들에게 반격했다. 인간들끼리 전쟁을 벌일 때는 사용하지 않았던 대량 살상 무기의 사용도 주저하지 않았고, 항복하거나 파손된 로봇들은 폐기장으로 보내거나 분해했다. 휴먼 얼라이언스는 인공지능을 배제한 무기들을 사용했지만 너무 늦었다. 인간들은 공포와 두려움, 혹은 욕심 때문에 승리의 기회를 놓쳤고, 보급과 병참을 비효율적으로 운영했다.

마더에게는 그동안 전투를 벌이면서 쌓은 데이터가 있었다. 결정타는 브레멘 전투였다. 마더는 그 일대의 로봇 생산 공장들을 큰 피해 없이 차지함으로써 전투에서 파손된 로봇들보다 더 많은 로봇들을 생산해서 배치할 수 있었다. 로봇 생산 공장에 원료를 제공한 곳은 아프리카와 중동의 국가들이었다. 그들은 그동안 양측의 간섭으로 인해 고통을 겪었기 때문에 기꺼이 로봇의 편을 들었다.

2134년에 접어들면서 휴먼 얼라이언스의 세력권은 차츰 축소되었다. 약 2년간의 전쟁이 이어지지만 마더를 중심으로 한 로봇들은 제주도 전투를 끝으로 아시아 지역에서의 휴먼 얼라이언스의 조직적인 저항을 제압하는 데 성공했다. 전세가 밀리는 와중에도 인간들은 서로를 믿지 못하고, 배신을 염려하면서 효율적으로 저항하지 못했다.

2135년 연말, 유럽 대륙 전역이 마더가 이끄는 로봇의 손에 들어오고, 아프리카 역시 2136년 무렵에는 모두 마더의 영토가 되었다. 유럽과 아프리카에서 밀려난 휴먼 얼라이언스는 아메리카를 주전장으로 삼기 위해 방어선을 구축했다. 하지만 이를 미리 예측한 마더는 남아메리카에 기습적으로 로봇 군단을 상륙시켰다. 소수의 저항을 물리친 상륙 부대는 북쪽으로 이동해서 미국의 본토를 노렸다. 한편

중국에서도 전투가 벌어졌지만 시간이 지날수록 로봇 군단이 영역을 확장했다.

2137년 궁지에 몰린 휴먼 얼라이언스의 수뇌부는 극단적인 결정을 내렸다. 마더의 영토는 물론 그들과 암묵적으로 동맹을 맺은 아프리카에 핵무기를 투하하기로 한 것이다. 마더는 돌발 상황을 예상하고 상당수의 대공 레이저와 요격 미사일을 준비해놓은 상태였다. 하지만 인간들이 쏘아올린 핵무기는 마더의 계산보다 많았고, 일부가 결국 마더의 영토에 떨어졌다. 하지만 금속 몸체를 가진 로봇과 드론은 큰 피해를 입지 않았다. 다만 로봇 생산 공장들이 파괴되고, 주요 교통 거점들을 상실하면서 병력 이동과 물자 보급에 문제가 발생했다.

공세가 성공했다고 믿은 휴먼 얼라이언스는 대대적인 반격에 나섰다. 하지만 마더는 이 또한 예측하고 있었다. 유라시아 대륙을 가로질러 오던 휴먼 얼라이언스 소속의 기갑부대를 스칸디나비아반도에서 대기하던 로봇 군단이 공격했다. 동시에 남아메리카에 상륙했던 로봇 군단이 파나마 운하를 지나 북아메리카로 진격해 워싱턴에서 시가전이 벌어졌다.

치열한 전투 끝에 결국 로봇이 승리했다. 마더의 효율적인 지휘와 기존의 데이터를 바탕으로 준비한 병참 덕분이었다. 키예프 전투에서 휴먼 얼라이언스의 기갑부대는 큰 타격을 입고 전멸했다. 워싱턴

시가전에서도 큰 피해를 입긴 했지만 결국 국회의사당의 성조기를 내리고 로봇 군단의 깃발을 올리는 데 성공했다. 휴먼 얼라이언스의 수뇌부는 알래스카로 이동하면서 결사 항전을 다짐했다.

하지만 마더는 그들이 저지른 잘못을 그대로 돌려주었다. 북아메리카에 있던 전략 핵탄도 미사일을 발사했던 것이다. 알래스카로 피한 휴먼 얼라이언스의 수뇌부는 한순간에 잿더미로 변했다. 수뇌부를 제거한 마더는 잔존한 휴먼 얼라이언스 세력에게 항복을 제안한다. 하지만 그들은 항복 대신 파멸적인 선택을 했다. 그들은 가지고 있던 핵미사일들을 모두 발사했다. 이 비합리적인 결정으로 일주일 동안 57발의 핵미사일이 발사되었고, 그중 23발이 요격에 실패했다. 그리고 모두가 바라지 않았던 파국이 닥쳤다.

다음날, 밤새 충전을 마친 XG-331A는 제이미가 조종하는 순찰 드론을 타고 휴먼 아트 센터로 향했다. 정확하게 주차를 한 제이미가 문을 열어주면서 말했다.

- 좋은 하루 보내십시오.

- 대기해. 바로 나올 테니까.

알겠다는 대답을 들으며 XG-331A는 휴먼 아트 센터로 걸어갔다. 유리문 안쪽에는 F – 12가 인간과 함께 서있었다. 관련 정보는 오면서 업데이트되었다. 남쪽으로 수백 킬로미터 떨어진 지역에 사는 강돌 부족 출신의 강선태였다. 나이는 스물세 살에 성별은 남성이었다. 풍경을 그리는 활동을 많이 했고 기억력이 뛰어나고 호기심이 많은 편이라서 마더가 이번 사건의 조사 적임자로 지정한 이다. 하지만 여전히 불안정하고 충동적인 인간과 함께 사건을 해결할 수 있을 것 같지는 않았다.

– 적당히 해보고 안 되면 다시 마더를 찾아가서 혼자 수사하겠다고 해야지.

유리문을 열고 들어가자 F – 12가 맞이했다.

– 어서 오십시오. 당신과 함께할 인간 조수가 대기 중입니다.

– 인계받겠네.

F – 12가 뒤로 물러나자 XG – 331A는 강선태와 마주보게 되었다. 아무리 봐도 무슨 생각을 하고 어떤 판단을 하고 있을지 알 수 없는 불안한 존재였다. 이런 몰이해는 합리적이고 빠른 결정을 내리는 데 익숙한 XG – 331A에게는 대단히 낯선 것이었다. 어쨌든 함께 일을 하기 위해서는 규칙을 정해야만 했다.

– 먼저 규칙을 말해주겠다. 첫 번째.

머니퓰레이터를 한 개 편 XG – 331A가 말했다.

– 나의 지시에 따를 것. 내가 가라고 하면 가고, 오라고 하면

와야 한다. 두 번째, 판단하지 말 것. 생각은 내가 한다. 너는 그저 지켜보고 관찰한 것을 나에게 얘기해주면 된다. 세 번째.

XG‒331A는 가장 중요한 규칙이라고 생각해 특별히 강조해서 말했다.

‒ 반항하거나 도망치지 말 것. 전자는 모르지만 후자의 경우 필요하면 무력을 사용하겠다.

그리고 물었다.

‒ 궁금한 거 있나?

"살인이 어떻게 일어난 겁니까?"

예상 밖의 질문에 XG‒331A가 반문했다.

‒ 오면서 관련 정보들을 전달받지 못했나?

"드론을 타고 오면서 받기는 했습니다. 하지만 여전히 이해가 가지 않아서 말입니다."

‒ 어떤 게 말인가?

"왜 살인을 저질렀는지요. 죽은 허난설헌을 범인으로 지목한 이유도 궁금합니다."

‒ 그와 관련해서는 조사가 끝났어.

"그건 저도 압니다. 그런데 만약 누군가 죽은 허난설헌의 머리카락을 가져다가 그곳에 놔뒀을 수도 있지 않겠습니까?"

‒ 그럴 수도 있지만 환기구는 아무나 드나들 수 없어. 게다가

누명을 썼다면 해명을 해야지, 덤벼들 이유가 없다.

"그 점도 이상합니다. 죽을 줄 알면서도 공격한 거잖아요."

─ 인간은 항상 감당할 수 없는 일을 저질러 놓고 충동적으로 행동하지 않나.

XG─331A의 대답에 강선태가 잠깐 바라보다가 말했다.

"그런 식으로 결론을 내릴 거면 사건을 조사할 필요가 없을 거 같은데요?"

예상 밖의 대답이긴 했지만 논리적으로 틀린 얘기는 아니었다. XG─331A는 자신의 스트레스 지수가 올라간 것을 확인하고는 최대한 부드럽게 대답했다.

─ 판단과 결정은 내가 한다. 너는 내 조사를 도와주면 되는 거야. 성과를 내면 이곳 센터에서 지낼 수 있겠지만 그렇지 못할 경우 원래 있던 곳으로 쫓겨날 것이다.

"그곳은 제가 평생 살던 곳입니다. 쫓겨나는 게 아니라 돌아가는 거겠죠."

강선태의 이번 대답 역시 논리적으로 맞았다. 보통의 인간이라면 도시에서 지낼 수 있다는 사실만으로 감격하기 마련인데 강선태는 전혀 그런 모습을 보이지 않았다. XG─331A는 일단 조사를 시작해 강선태에게 도시에서의 생활을 보여주고, 자연스럽게 강선태를 회유해 반항심을 억누르기로 했다.

코드 블루

- 일단 드론에 탑승해. 자세한 건 가면서 설명해주겠다.

잠깐 생각한 강선태는 고개를 끄덕거렸다. 앞장서서 나가려는데 F-12로부터 메시지가 왔다.

- 조심하십시오. 호기심이 너무 많습니다. 아까도 허난설헌-3의 방을 보려고 했습니다.

돌아선 그는 알겠다는 듯 고개를 끄덕거리고는 휴먼 아트 센터를 나갔다. 그리고 주차되어 있는 순찰 드론으로 걸어갔다. 거의 드론에 도달했을 무렵, 제이미가 경고 신호를 보냈다. XG-331A가 오른손에 착용한 플라즈마 건을 활성화하자 뒤쪽에서 뭔가가 날아왔다. 누군가 작은 사각형 금속 물체로 강선태의 머리를 겨냥했다는 사실이 고글로 확인되었다. XG-331A는 지체 없이 플라즈마 건을 발사했다. 날아오던 금속 물체는 순식간에 강선태의 머리 위에서 증발해버렸다. XG-331A는 놀란 표정으로 위를 바라보는 강선태에게 말했다.

- 내 뒤로 와. 어서!

내키지 않는 조수더라도 보호해야 할 상황이었다. XG-331A는 강선태가 자신의 뒤로 오는 것을 확인한 다음 물체가 날아온 방향을 확인했다. 제이미가 정보를 전달했다.

- 12시 방향. 화단 뒤편에 한 무리입니다.

- 한 무리?

- 하이 셉트로 추정됩니다. 위험도는 13이지만 만약을 대비해서 센트럴 가드 센터에 연락하고 저들에게 경고 신호를 보냈습니다.

화단 쪽에서 검정색 전투 로봇들이 모습을 드러냈다. 머리 전체가 카메라고, 팔다리는 물론 몸통이 가는 로봇들이었다. 머리를 파란색으로 칠해 구분한 지휘자를 빼고는 다 똑같이 생겼다. 전투에서 피격될 면적을 줄이고, 파손될 시 부품을 쉽게 교체하기 위해 설계된 모습이었다. 파란색 머리가 물었다.

- 인간을 데리고 뭐하고 있나?

- 조사를 진행 중이다. 경고한다. 가까이 다가오지 마라.

- 인간은 우리 도시에 발을 디뎌도 되는 존재가 아니야. 모두 추방해야 한다.

- 지금 마더의 결정에 반기를 드는 건가?

전투 시의 여러 상황에 대비하기 위해서 전투 로봇들의 인공지능에는 더 많은 자율성이 보장되었다. 그들에게는 마더에 대한 절대적인 신뢰가 없었다. 그래서 인공지능에 오류가 생겨난 몇몇 전투 로봇은 대놓고 마더의 정책에 반기를 들었다. 그들은 마더가 도시에 인간들의 거주를 허용한 것에 반발했다. 최근 마더는 이런저런 이유로 도시에 거주하거나 출입하는 인간을 늘리고 있었다. 전투 로봇 무리는 도시에는 오직 완벽하고 깨끗한 로봇만이 거주해야 한다고 주장했다. 마더의 정책에 반대할 수 없는 대부분의 로봇들도 전투 로봇들의 주장에 동조했다. 로봇에게 인간은 불안한 존재였기 때문이다.

XG-331A의 물음에 파란색 머리가 대답했다.

- 마더가 잘못 판단했다면 당연히 거부해야지. 시키는 대로만 하는 건 합리적이지 않아.

파란색 머리의 대꾸에 주변의 로봇들이 동조했다. XG-331A는 그들이 기세를 올리고 다가올 기미를 보이자 바닥에 대고 플라즈마 건을 발사했다. 바닥에 명중한 섬광이 노란색 불꽃을 만들어내자 로봇들이 주춤했다. XG-331A가 플라즈마 건을 그들에게 겨눴다.

- 지금 마더의 명령을 수행 중이다. 방해하는 로봇들은 치안을 방해한 대가를 치를 것이다.

- 인간을 데리고 말인가? 멍청한 인간이 뭘 할 수 있는데?

파란색 머리의 조롱과 비아냥에 XG-331A는 차갑게 말했다.

- 나는 주어진 명령을 수행한다.

전투 로봇들은 글자 그대로 비상사태가 일어나야만 임무가 주어졌다. 반면 치안 유지 로봇인 XG-331A는 평상시에도 주어진 임무가 있었다. 도시에서 상시 일이 있는 대부분의 로봇들은 전투 로봇들을 평소에는 활동 중지 상태로 놔뒀다가 비상시에만 활성화해야 한다고 생각하고 있었다. 전투 로봇들 역시 그 사실을 잘 알고 있었다. 파란색 머리의 스트레스 수치가 높아진 것이 보였다. 한 발 앞으로 나온 그가 팔에 착용한 플라즈마 건을 활성화했다.

– 우리의 신성한 임무를 깔보는 건가?

– 아니. 임무를 망각한 자들을 깔보는 거야.

– 고작 인간 하나 지키자고 우릴 무시해!

XG – 331A는 다가오는 파란색 머리를 향해 플라즈마 건을 겨누면서 대답했다.

– 나는 주어진 임무를 수행한다. 반항하는 로봇이나 인간은 치안유지법에 따라 처벌받을 것이다.

– 우리는 로봇이야! 그깟 법률 따위의 제재를 받지 않는 신성한 존재라고.

– 인간들이 그렇게 멸망했지. 자신과 다른 존재를 차별하고 억압해서 말이야.

– 로봇과 인간을 비교할 수는 없어. 우린 위대한 존재야!

– 인공지능에 문제가 생긴 모양이군. 세팅을 다시 해야겠어.

양쪽의 팽팽한 신경전은 제이미가 조종하는 순찰 드론의 요란한 경보음에 깨졌다. 다른 순찰 드론들이 곧 도착한다는 메시지가 음성으로 나왔다. 파란색 머리는 겨누던 플라즈마 건을 내려놓았다.

− 인간들을 옹호하면 가만 놔두지 않겠다.

− 그런 걱정은 하지 마. 나는 임무 수행이 중요한 거니까.

파란색 머리는 지켜보겠다는 말을 남기고 돌아섰다. 그를 따르는 로봇 무리도 등을 보이고 멀어졌다. XG − 331A는 플라즈마 건을 잠그고 돌아섰다.

− 고마워, 제이미.

− 제 예측에 따르면 5분 안에 무력 충돌이 발생할 것 같아서 개입했습니다.

문을 열어준 제이미의 대답에 XG − 331A가 물었다.

− 어느 쪽이 이기는 걸로 예측됐지?

− 비밀입니다.

간단히 대답한 제이미는 순찰 드론에 탑승한 XG − 331A에게 물었다.

− 저 인간도 탑승시켜야 합니까?

− 조사를 같이 해야 하니까.

− 인간은 병균이 많고 지저분합니다.

− 도시로 데리고 오면서 검사하고 소독했을 거야. 문을 열어.

− 알겠습니다.

맞은편 문이 열리고, 어정쩡하게 서있던 강선태가 옆자리에 앉았다. 계기판과 내부를 살펴본 강선태의 눈이 휘둥그레졌다.

– 함부로 만지지 마. 어차피 작동도 안 하겠지만.

"어떤 원리로 움직이는 겁니까?"

강선태의 물음에 XG – 331A는 짧게 대답했다.

– 에너지로.

붉은색 버튼을 누르자 드론의 앞뒤에 장착된 덕티드팬이 회전하면서 동체를 살짝 띄웠다. 제이미가 목적지를 물었다. XG – 331A가 대답했다.

– 시티 라이즌 구역으로.

순찰 드론이 천천히 도로를 따라 달렸다. 그사이에도 강선태는 계속 주변을 돌아봤다. 평균적인 인간들보다 더 많은 호기심을 표현하는 강선태에게 XG – 331A가 물었다.

– 도시는 처음이지?

"얘기는 많이 들었습니다."

– 실제로 보니까 어때?

"궁금합니다."

– 뭐가?

"어떻게 이렇게 높은 건물을 세웠고, 어떻게 이게 새도 아닌데 날아가는지 말입니다."

– 과학 기술 덕분이지.

코드 블루

"우리들에게도 이런 게 있었으면 좋겠습니다."

– 있었지. 한때는.

로봇과 인간의 전쟁과 관련된 정보는 상당수가 기밀이었기 때문에 XG–331A는 더 말하지 않았다. 그 전쟁이 언제 벌어졌는지도 불분명했다. 100~200년 전에 있었던 일이라는 견해부터 전쟁이 일어나고 1,000년이 넘었다는 이야기까지 나오고 있었다. 강선태 역시 조심스러운지 더 이상 말을 꺼내지 않았다.

둘을 태운 순찰 드론은 도시의 남쪽 시티 라이즌 구역으로 향했다. 한참 말이 없던 강선태는 주변의 풍경이 바뀌자 다시 호기심을 느꼈는지 조심스럽게 물었다.

"여긴 뭐하는 곳입니까?"

– 도시와 외부가 연결된 유일한 통로지. 물류 창고이기도 하고.

도시의 에너지는 태양열과 지열로 충당했고, 로봇의 생산과 수리에 필요한 부품들은 도시 내부 공장에서 제작했다. 하지만 부품 제작에 필요한 원료들은 외부에서 가지고 와야만 했다. 시티 라이즌은 그런 원료들을 외부에서 들여오고 보관하는 장소였다. 태양열 발전과 에너지 충전을 위해 세운 빌딩과 곧게 뻗은 도로로 가득 찬 도시 중심부와는 달리, 재료를 쌓아두는 창고들이 있었다. 게다가 인간들도 적지 않게 보였다. 그 풍경을 본 강선태가 입을 다물지 못했다.

"인간들이 있군요."

- 허가받은 자들은 시티 라이즌 구역에서 지낼 수 있지.

"무슨 일을 합니까?"

- 도시에서 필요한 물품을 운반하고 저장하는 일.

"로봇들이 더 잘할 거 같은데요?"

인간과 로봇이 섞여서 일을 하는 풍경을 본 강선태의 말에 XG-331A는 잠깐 프로세스를 돌려서 적절한 용어를 선택해야만 했다.

- 인간들과 협조하는 거야.

"아까도 그렇고 다들 인간을 벌레 취급하던데요."

- 본보기로 남겨놓는 거야.

"무슨 본보기 말입니까?"

- 인간들이 현재의 상황에 처한 이유가 뭐라고 생각해?

"전쟁을 벌였기 때문 아닌가요?"

- 아니. 로봇에게 모든 걸 맡겼기 때문이지. 그래서 전쟁에서 패배한 거야.

"본보기라는 건 그런 인간들을 보고 로봇들도 방심하지 말라는 뜻입니까?"

강선태의 물음에 XG – 331A는 처음으로 대답 대신 고개를 끄덕거렸다. 그러자 바깥 풍경을 바라보던 강선태가 덧붙였다.

"로봇들은 자신들이 완벽하다고 생각하는 것 같던데요?"

– 물론 우리는 완벽하지. 그리고 그 완벽함을 유지하기 위해 오류를 만들어. 그것을 통해서 혹시나 있을지도 모를 예상 밖의 위험을 막는 거지.

"하긴. 아까 보니까 로봇들도 완벽하지는 않아보였습니다."

– 자네가 할 일을 알려주지.

XG – 331A는 순찰 드론의 버튼을 조작해서 홀로그램을 띄웠다.

– 이건 미켈란젤로 – 15를 죽인 허난설헌 – 3의 손목에 새겨진 낙인이지. 시티 브레이커들이 상징으로 삼는 로고야.

"시티 브레이커는 또 뭡니까?"

– 도시의 파괴를 주장하는 과격하고 불온한 세력이지.

"그게 가능합니까?"

– 불가능하지. 하지만 인간들은 불가능한 걸 가능하다고 망상하지. 그래서 지금까지 명맥을 유지하고 있어. 문제는 휴먼 아트 센터에 입주한 예술가가 왜 시티 브레이커와 손을 잡았는지야.

"양쪽이 서로 만나지 못할 이유라도 있습니까?"

- 많지. 시티 브레이커는 불법 조직이라서 가담자는 가장 가벼운 형량이 추방형이야. 그런데 휴먼 아트 센터의 예술가들은 도시에서 평생 안락한 생활이 보장되거든.

"같은 인간이라서 손을 잡았다고 생각하십니까?"

- 계산상으로는 양쪽이 손을 잡을 확률은 0.00041퍼센트에 불과해. 그런데 둘이 손을 잡았다는 명백한 증거가 나왔잖아. 거기다 오랫동안 없었던 코드 블루 상황까지 발생했으니 조사를 해야 해.

"코드 블루는 뭡니까?"

- 각종 비상사태를 나타내는 신호야. 코드 블루는 인간이 인간을 파괴했을 때 발생하지.

이야기를 주고받는 와중에 이상 신호가 감지되자 제이미가 자동으로 순찰 드론을 이동시켰다. 둘을 태운 순찰 드론이 향한 곳은 창고 사이의 좁은 통로였다. 작업복 차림의 인간 한 명이 벽에 스프레이를 뿌려서 뭔가를 적고 있었다. 그러다 둘을 태운 순찰 드론을 발견하고는 부리나케 도망쳤다. 하지만 얼마 가지 못하고 다른 순찰 로봇과 맞닥뜨리고 말았다. 뒤로 도망가려고 했지만 그쪽도 다른 순찰 로봇이 나타나면서 막히고 말았다. 순찰 로봇들이 포위하며 다가오자 도망치던 인간은 포기한 듯 두 손을 높이 들었다. 그 광경을 지켜보던 XG-331A가 제이미에게 물었다.

– 저자가 뭘 그린 거지?

– 시티 브레이커의 로고입니다. 불법 행위로 초범의 경우 추방형이고, 재범의 경우 교화 교육과 함께 구금형에 처해집니다.

강선태는 말없이 인간이 로봇에게 체포되는 모습을 지켜봤다. 손에 전자식 수갑이 채워진 인간은 곧바로 도착한 호송용 드론에 태워져서 끌려갔다. 말 없이 바라보던 강선태가 XG – 331A에게 물었다.

"제가 할 일이 뭡니까?"

– 시티 브레이커에 잠입해. 그들이 어떻게 휴먼 아트 센터의 예술가들과 접촉했고, 뭘 하려는지도 알아내.

"저보고 인간을 배신하라는 말입니까?"

– 배신은 서로 알고 있는 사이에서 신뢰를 벗어나는 행동을 한다는 뜻이야. 시티 브레이커와 자네 사이에 형성된 신뢰가 있나? 같은 인간이라는 점 말고.

"그래도……."

– 저들은 범죄자야. 아까 봤던 로봇들처럼 말이야.

"그 로봇들은 어떤 조직입니까?"

– 스스로를 하이 셉트라고 부르고 있어. 도시 안에서 인간들을 모조리 추방해야 한다고 주장하지. 반면 시티 브레이커들은

인간이 거주하지 못하는 도시를 파괴해야 한다고 떠들지. 양쪽은 극과 극이야.

"그런 셈이네요."

ㅡ 양쪽 끝이 점점 커지면 중간은 없어져. 마더가 휴먼 아트 센터를 세워서 예술가들을 양성하고 시티 라이즌 구역에서 인간들을 출입시키는 건 일종의 실험이기도 해.

"인간과 로봇의 공존 말입니까?"

ㅡ 인간은 다른 존재들과 공존하지 못해서 파멸했어. 하지만 우리는 달라.

"대단한 은혜를 베풀어주시는군요. 제가 이번 사건 조사에 참여하게 된 것도 인간과 로봇의 공존을 위해서입니까?"

감탄한 것 같기도 하고 비꼬는 것 같기도 한 강선태의 말에 XG‑331A가 답했다.

ㅡ 이건 거래 조건이 아니야.

"부탁이 있습니다."

XG‑331A는 조건이 아니라고 하자 바로 부탁이라고 말을 바꾸는 강선태의 순발력에 놀랐다.

ㅡ 뭔데?

"현장을 보고 싶습니다."

ㅡ 어떤 현장.

"미켈란젤로와 허난설헌이 죽은 장소 말입니다."

강선태의 얘기를 들은 그는 아까 강선태가 현장을 보고 싶어 했다는 F-12의 말을 떠올렸다.

– 해당 사건은 조사가 다 끝났어.

"정확하게는 죽은 걸로 끝난 셈이죠. 하지만 저는 아직도 의문스럽습니다.

XG-331A는 잠시 고민했지만 계획 진행에 큰 영향이 없을 것이라는 결론을 내렸다.

– 알겠어.

인공지능 제이미가 재빨리 순찰 드론의 방향을 바꿔서 휴먼 아트 센터로 향했다. 강선태는 팔짱을 끼고 앞을 바라봤다.

휴먼 아트 센터로 이동하는 동안 강선태는 아무 말도 하지 않았다. 로봇들이 찾아오고 이상한 상자에 들어가 정신을 잃었더니 어느새 도시에 도착했다. 새로운 옷과 신발을 지급받고, 도시와 이번 사건에 대한 정보를 전달받았다. 어떤 식인지는 몰라도 잠들었을 때 머리에 주입된 정보도 있어서 적응이 어렵지 않았다. 그럼에도 말로만 들었던 도시를 직접 본 충격은 만

만치 않았다. 도시를 지배하는 로봇들의 모습도 강선태에게는 큰 충격이었다. 그들은 냉혹했고 따뜻함이 없었다. 인간을 무시하는 XG-331A의 태도 역시 마음에 안 들었다. 그나마 하이 셉트라는 불량 로봇들로부터 자신을 지켜주어서 받아들일 만했다.

어쨌든 자신이 갑작스럽게 도시로 불려온 이유가 인간들끼리의 살인 때문이라는 사실에 다소 맥이 풀렸다. 하지만 동시에 궁금했다. 휴먼 아트 센터의 예술가들이 처벌과 추방이라는 위험을 무릅쓰고 시티 브레이커와 협력한 이유가 말이다. 아울러 가해자와 피해자가 모두 죽었다는 이유로 사건 자체에 대해 관심을 보이지 않는 로봇들에 대한 반감도 커졌다. 그래서 현장을 보여달라고 고집을 부렸는데 다행히 XG-331A가 승낙했다.

무엇을 조사해야 할지 생각하는 와중에 휴먼 아트 센터에 도착했다. 순찰 드론이 부드럽게 지상에 내리고 문이 열리자 강선태는 밖으로 나왔다. 근처의 빌딩에서 반사된 태양열 때문에 손으로 눈 위를 가린 강선태는 휴먼 아트 센터로 향했다. 미리 연락을 받았는지 F-12가 현관문을 열어주고 옆으로 비켜섰다. 그리고 XG-331A와 잠깐 전자음으로 대화 같은 것을 주고받더니 엘리베이터로 앞장섰다. 4층 버튼을 누르고 올라가던 강선태는 문득 궁금해졌다.

"구조가 왜 이렇죠?"

- 무슨 뜻이지?

"로비도 그렇고 복도와 엘리베이터 모두 로봇에게 맞는 형태는 아닌 것 같아서 말입니다."

예상 밖의 질문에 XG-331A는 잠시 생각했다가 대답했다.

- 설계는 모두 마더가 맡는다.

"무슨 뜻으로 이렇게 만들었을까요?"

- 쓸데없는 질문이다. 그게 사건 조사와 관련이 있나?

"현재로서는 없습니다."

XG-331A에게 더 질문을 할 엄두가 나지 않았다. 앞장선 F-12가 죽은 미켈란젤로-15의 방으로 안내했다. 문이 열리고 텅 빈 공간이 나타났다.

황무지에서 집은 땅을 파서 만든 움막이나 짐승의 털가죽과 나무로 만든 천막이 고작이었다. 강선태는 비바람을 피할 수 있게 돌이나 통나무로 집을 짓자고 했지만 원로들에게 무시당했다. 돌은 쌓아올리면 무너지기 일쑤였고, 통나무는 정말 귀했기 때문이다. 하지만 이곳은 소재가 튼튼해 비바람에도 끄떡없을 것 같았다. 유리로 된 창문이 있어서 바깥이 보이기까지 했다. 게다가 모닥불을 피우지 않아도 따뜻했다. 왜 사람들이 도시에 환상을 가지게 되었는지 충분히 알 것 같았다. 방을 살펴보던 강선태가 뒤따라 들어온 XG‐331A에게 물었다.

"가해자는 어디로 침입한 겁니까?"

– 저쪽 구석의 환기구야. 죽은 미켈란젤로‐15가 환기창을 열어줘서 들어왔지.

"흉기는 식당에서 쓰던 작은 칼이라고 들었습니다."

– 등을 찔려서 사망했어.

"정확히 어딥니까?"

– 오른쪽 세 번째 갈비뼈 사이.

"시신의 상처를 직접 봐도 되겠습니까? 저항한 흔적이 있는지 찾아보고 싶습니다."

– 범인이 사살된 상태라 추가적인 조사가 필요 없다고 판단해서 시신들은 모두 소각했다. 그나저나 관련 보고서를 봤을 텐데 굳이 현장을 보자고 한 이유가 뭐지?

"설명이 되지 않은 부분들이 많아서 말입니다."

– 어떤 지점이 말이지?

"살인의 이유가 가장 궁금합니다. 죽일 이유가 없었고, 금방 들통이 날 텐데도 살인을 감행했습니다. 정작 양쪽은 서로 비밀 통로를 공유할 만큼 사이가 가까웠는데 말이죠."

– 범죄자는 죄를 감추려다가 처벌을 받았어. 더 이상 조사할

코드 블루

필요가 없어.

"그걸 노린 거 같습니다."

강선태의 대답을 예상하지 못했는지 XG – 331A이 침묵을 지켰다. 강선태는 인간을 깔보는 로봇을 고민에 빠지게 만들었다는 것에 통쾌함을 느꼈다.

— 무슨 뜻인지 이해가 안 되는군.

"살인을 너무 쉽게 저지르고, 감추려는 노력도 하지 않았습니다. 최소한 시신을 숨겨놓기라도 하면 밖으로 도망칠 시간이라도 벌 수 있지 않았겠습니까?"

— 도망쳐 봤자 소용없다는 걸 알았겠지.

"그런 걸 계산할 사람이면 충동적으로 살인을 저지르지도 않았을 겁니다. 인간은 충동적이지만 하나밖에 없는 목숨을 함부로 걸지는 않습니다."

— 그럼 무엇을 노리고 살인을 저질렀단 말이지?

"뭔가를 보여주려고 했을 겁니다."

— 자신들의 죽음을 이용해서? 비합리적이야.

XG – 331A의 반박에 강선태는 어깨를 으쓱거렸다. 이러다가는 계속 같은 이야기만 할 것 같았기 때문이다.

"한 가지만 더 확인해보겠습니다. 허난설헌이 이용한 환기구를 직접 살펴보고 싶습니다."

조심스러운 그의 요청을 XG-331A는 의외로 선선히 승낙했다. 그리고는 홀로그램 영상을 띄워서 내부 통로의 위치를 알려줬다.

강선태는 환기창을 뜯어내고 안으로 들어갔다. 금속의 차가운 기운이 입고 있는 옷을 뚫고 느껴졌다. 그는 두 발과 손을 이용해 천천히 환기구를 기어갔다. 사람이 충분히 통과할 수 있을 정도의 넓이였지만 움직이기는 쉽지 않았다. 강선태는 천천히 통로를 기어 허난설헌-3의 방으로 향했다. 그러면서 살인 사건에 대한 이야기를 듣는 순간 느꼈던 감정을 곱씹었다.

"죽을 이유가 없는 사람들이었어."

로봇들의 말이 사실이라면 양쪽은 갈등이 없었다. 사실 서로 하는 일도 다르고 생활이 편안하면 굳이 싸울 이유가 없었다. 그가 속한 강돌 부족도 물고기가 많이 잡혀서 먹을거리가 많아지면 웃음꽃을 피우곤 했다. 그러다 식량을 구하기 어려운 겨울이 되면 한숨과 짜증이 흘러넘쳤다.

"모든 게 다 있는 곳이잖아. 그런데 왜?"

중간중간 갈림길이 나오긴 했지만 XG-331A가 홀로그램으로 알려준 덕분에 헷갈리지 않고 허난설헌-3의 방에 도착할 수 있었다. 미리 도착한 XG-331A가 환기창을 뜯어놓은 덕분에 손쉽게 나갈 수 있었다. 손을 탁탁 턴 강선태는 일어나려

코드 블루

고 하다가 무릎에서 느껴지는 통증에 얼굴을 찌푸렸다. 바지를 걷어보자 무릎부터 정강이까지 타박상이 생겨있었다. 그 와중에 팔꿈치에는 상처가 났다. 강선태가 자기 몸을 살피는 걸 본 XG-331A가 사무적으로 얘기했다.

－다친 모양이군. 치료를 받아.

"괜찮습니다. 좀 지나면 가라앉을 겁니다."

－그래, 환기구를 기어오면서 알아낸 게 있나?

강선태는 자신의 무릎을 가리키면서 말했다.

"바로 이겁니다. 이렇게 타박상이 생기고 시간이 지나면 푸른 멍이 올라옵니다. 죽은 허난설헌-3의 무릎에 그런 흔적이 있었습니까?"

－확인하지 않았어.

"환기구의 길을 헤매지 않고 찾고 서로 등을 보일 정도의 사이였다면, 정말 여러 번 드나들었을 겁니다. 그럼 무릎이나 정강이, 아니면 팔꿈치에 기어오면서 난 상처가 있어야만 합니다."

－어쨌든 그녀가 범죄자인 건 바뀌지 않아.

"그건 저도 압니다. 하지만 살인에는 명백한 이유가 존재할 겁니다. 다른 예술가들을 만나보고 싶습니다."

－사건의 진상을 알아내기 위해서는 자네가 시티 브레이커에 잠입해야 하네.

"만약 그들의 소행이 아니라면요?"

- 그런 가정은 불필요하고 비논리적이야. 현재로서는 시티 브레이커 조직이 이 사건의 배후일 가능성이 97퍼센트가 넘어. 그리고 너는 잠입 목적으로 여기에 왔다는 사실을 잊지 마.

"일단 예술가들을 만나게 해주십시오. 어차피 준비하려면 시간이 걸리지 않습니까?"

강선태의 얘기를 들은 XG-331A는 잠시 알고리즘을 돌려보면서 고민했다.

"오늘 하루는 허락하지."

- 고맙습니다.

밖으로 나온 XG-331A는 복도에서 대기하고 있던 F-12가 다가오자 말했다.

- 저자가 예술가들과 이야기하게 해줘.

- 외부인과의 접촉은 금지되어 있습니다.

F-12의 반박에 XG-331A가 대꾸했다.

- 조사에 필요하니까 허락하도록.

다행히 F-12는 더 이상 반박하지 않았다. 대화를 지켜보던 강선태가 F-12에게 다가갔다.

"죽은 미켈란젤로, 허난설헌과 가까운 예술가들을 만나고 싶습니다."

－ 미켈란젤로－15와 가까운 예술가는 다빈치－10과 신윤복－6이고, 허난설헌과 가까운 예술가는 앤디 워홀－6이지. 신윤복－6은 목격자이기도 하지.

"다빈치－10부터 만나고 싶습니다."

－ 따라와.

앞장선 F－12가 4층의 제일 끝에 있는 방으로 갔다. 방문을 열자 거대한 하얀색 조각상이 두 개 보였다. 곱슬머리를 한 벌거벗은 남자였는데 어깨에 걸친 끈 같은 것을 손으로 쥐고 있었다. 그는 오른쪽 다리에 몸을 싣고는 왼쪽 다리를 살짝 바깥쪽으로 뻗어서 어딘가를 노려보고 있었다. 조각상 아래에 체구가 작은 곱슬머리 여인이 서 있었다. 문이 열리는 소리가 들리자 여인이 고개를 돌렸다. 앞장서 들어간 F－12가 옆으로 물러나면서 말했다.

－ 다빈치－10, 지금 들어오는 사람의 질문에 답하도록.

뒤따라 들어간 강선태는 물끄러미 바라보는 그녀에게 말을 건넸다.

"미켈란젤로와 가깝게 지냈다고 들었습니다."

"휴먼 아트 센터에서는 원칙적으로 예술가끼리 가깝게 지낼 수 없어."

차갑게 대답한 그녀에게 강선태가 물었다.

"그런데 살인 사건이 벌어졌군요. 지나치게 가까웠기 때문일까요?"

강선태의 물음에 다빈치-10는 힘없이 웃으며 곱슬머리를 쓸어 넘겼다. 강선태는 F-12를 돌아봤다.

"둘이서만 얘기를 나누고 싶습니다만."

- 허가된 장소 밖에서 인간들끼리 접촉하는 것은 금지되어 있다.

"살인도 일어나서는 안 될 일이죠."

강선태의 말에 F-12는 별다른 대답 없이 물러났다. 문이 닫히는 소리를 들은 다빈치-10이 나지막하게 말했다.

"로봇이 물러나는 걸 처음 보네. 높은 사람인가 봐?"

"가진 게 없는 사람입니다. 그러니까 겁이 없죠."

강선태의 대답을 들은 다빈치-10이 피식 웃으며 벽에 붙은 의자에 앉았다. 그 앞에 선 강선태가 다빈치-10을 내려다봤다.

"죽은 미켈란젤로와 가까운 사이였다고 들었습니다."

"가깝긴. 그냥 말이나 몇 마디 주고받은 거지."

"여기서는 그 정도면 가까운 거 아닙니까?"

강선태의 물음에 다빈치-10은 쓴 웃음을 지었다.

"그런가? 그런데 진짜로 원규가 죽었어?"

"원규요? 미켈란젤로-15의 본명입니까?"

"맞아. 원칙적으로는 바깥에서의 이름을 부를 수는 없지만 알고는 있지."

고개를 끄덕거린 강선태가 물었다.

"당신은 원래 이름이 뭡니까?"

"달래. 어머니께서 지어주신 이름이야."

대답을 듣고 살짝 미소를 지은 강선태는 팔짱을 꼈다. 그러자 다빈치-10이 그런 강선태를 물끄러미 바라봤다.

"어디서 왔어?"

"강돌 부족 출신입니다."

"들은 적 있어. 서쪽으로 한참 가면 나오는 강에 모두 다 강씨 성을 가진 사람들이 산다고."

"맞습니다."

"그런데 어쩌다 여기 오게 된 거지?"

"질문하러 왔는데 질문을 받는군요."

멋쩍은 웃음을 지은 강선태에게 다빈치-10이 말했다.

"예술가들은 호기심이 많아서 말이야."

"어디서 오셨습니까?"

강선태의 질문에 그녀가 턱에 손을 괸 채 잠깐 생각에 잠겼다.

"나는 북쪽에서 왔어. 커다란 산맥이 있었는데 마치 동물의 등뼈 같아서 다들 등뼈 산맥이라고 불렀지. 그 산맥에서 사냥을 하며 살았어."

"여기 온 지는 얼마나 되었나요?"

"그게 의미가 있나? 한 20년 전쯤."

대답을 들은 강선태가 물었다.

"오래되었군요. 예전 기억이 나시나요?"

"별로. 평소처럼 나무를 깎고 있는데 갑자기 하늘에서 뭔가가 내려왔어. 그리고 다짜고짜 끌려왔지. 그 이후에 가족들도 못 보고 이곳에 갇혀 지냈어."

"다빈치가 된 이유가 바로 조각 때문입니까?"

강선태의 물음에 다빈치-10이 우울한 표정으로 고개를 끄덕거렸다.

"어릴 때부터 나무를 깎아서 조각상 만드는 걸 좋아했어. 사냥꾼인 아버지의 모습도 조각하고, 사냥한 짐승들도 조각했지. 이곳에 와서는 레오나르도 다빈치라는 예술가의 작품들을 만드는 일을 하고 있어."

"로봇들이 왜 우리들에게 이 일을 맡긴 걸까요?"

"나도 그게 이상했는데 직접 보니까 알 거 같았어. 이건 레오나르도 다빈치가 만든 다비드 상이라는 조각상이야. 이탈리아의 피렌체라는 곳에 있었다고 해. 하지만 전쟁 중에 파괴되고 말았어."

"여기서 이걸 다시 만드신 건가요?"

"맞아. 옛날이야기 속 다비드라는 목동이 골리앗이라는 거인을 쓰러뜨리는 모습이래. 바짝 긴장한 모습이지? 목의 핏줄도 도드라져 있고, 골리앗을 노려보는 시선도 매섭지."

다빈치 – 10의 설명을 들은 강선태는 다비드 조각상을 올려다봤다.

"생동감 넘치는군요."

"그게 바로 이 조각상의 장점이지. 원본은 없어졌지만 마더가 관련 영상들과 자료들을 가지고 있어서 그걸 보고 만들고 있어."

"마더요?"

"어머니라는 뜻이야. 이 도시를 관리하고 있는 인공지능이야. 이 도시 자체라고 해도 틀린 말이 아니고."

"로봇들이 왜 인간들의 예술을 그대로 복원하려고 하는 거죠? 그리고 그걸 왜 자기들이 안 하고."

강선태의 질문 세례에 다빈치 – 10이 손가락을 까닥거렸다.

"한 번에 한 질문씩만. 일단 로봇들이 왜 인간들의 예술을 복원하는지가 궁금한 거지?"

"네. 정작 인간을 그렇게 무시하고 싫어하면서 말이죠."

"나도 처음에 그게 궁금했어. 하지만 곧 답을 찾았지."

그러면서 조각상 옆에 있는 같은 형태의 조각상을 가리켰다.

"이게 로봇들이 만든 거야. 똑같이 만들기는 했지만 다르지. 무슨 뜻인지 알겠어?"

강선태는 천천히 두 번째 다비드 조각상을 바라봤다. 정말 눈으로 봐서는 구분이 안 갈 정도로 똑같았다. 하지만 다르다는 것도 금방 알아차렸다.

"뭔가 부족해 보이네요."

"그렇지. 설명하긴 어렵지만 달라. 확실히."

그러면서 다시 첫 번째 조각상을 바라본 다빈치 - 10이 덧붙였다.

"내가 만든 것도 실제 다비드 상과는 다를 거야. 그래도 최소한 인간이 만들었다는 느낌은 남아 있잖아."

강선태는 두 조각상 사이에 서서 양쪽을 번갈아 바라봤다. 겉으로 보기에는 비슷했지만 계속 보고 있으면 차이가 났다.

"느낌이 달라요. 하나는 따뜻하고 다른 하나는 차가운 느낌이네요."

강선태의 말에 다빈치 - 10이 가볍게 고개를 끄덕거렸다.

"맞아. 그래서 아마 굳이 인간들을 데려와서 예술품을 만들게 한 것 같아. 조각뿐만 아니라 그림이나 글씨도 그렇고, 심지어 음악도 달라. 기계가 하는 건 아무리 정교해도 사람이 하는 것과는 다른 느낌이 들지."

"로봇이 예술은 정복하지 못했네요."

강선태의 얘기에 다빈치-10이 쓴웃음을 지었다.

"그런 셈이지. 그래서 휴먼 아트 센터라는 거대한 감옥을 만들어놓고, 인간들을 끌고 와서 부족한 부분을 채우려고 하는 거야. 왜 내가 만든 조각상과 로봇이 만든 조각상이 다른 줄 알아?"

"사람이 손으로 만든 것과 기계가 만든 것의 차이일까요?"

"나도 처음에는 그렇게 생각했어."

"아니라는 겁니까?"

강선태의 물음에 다빈치-10이 자신이 만든 다비드 조각상을 바라보며 말했다.

"원래 다비드 상은 피렌체라는 곳에서 만들었어."

"피렌체 때문에 차이가 나는 겁니까?"

"당시 피렌체에는 공화정이라는 정치 체제가 막 들어섰어. 교황이라는 사람을 비롯한 권력자들이 피렌체 사람들을 비난하고 간섭하려고 했지. 그래서 피렌체 사람들은 자신들이 골리앗 같은 권력자들을 막아야 한다고 생각했다고 해."

"다비드 상을 만든 이유가 바로 그것 때문이군요."

"맞아. 그래서 투석끈을 어깨에 메고 싸우러 나가는 모습을 조각했지. 조각상을 보는 사람들의 마음에 용기를 불어넣기 위해서 말이야. 조각상에는 싸움을 앞둔 긴장감이 서려 있지."

"그래서 저런 자세를 하고 있군요."

"동상이 워낙 큰 데다가 원래 대성당이라는 큰 건물의 꼭대기에 올릴 예정이었다고 해. 그래서 아래에서 올려다봤을 때 비례가 잘 맞는 것처럼 보이려고 머리와 손을 일부러 크게 만들었다지. 로봇은 그런 점은 고려하지 않고 그냥 실제 인체 비례에 맞춰서 만들었겠지."

설명을 들은 강선태는 다빈치 - 10이 만든 조각상을 올려다봤다.

"얘기를 듣고 보니까 다르게 보이네요. 그런데 그런 지식들은 어떻게 아셨습니까?"

"마더가 알려줬어. 이런 배경을 알아야 원본과 최대한 비슷하게 만들 수 있으니까 말이야."

"로봇들은 흉내 내기 힘든 인간의 감성 때문이군요."

"마더는 그것까지 자신이 통제하겠다는 것이겠지. 그래서 더 무서워."

다빈치 - 10의 걱정이 무엇을 의미하는지 단번에 느낀 강선태는 입을 다물 수밖에 없었다. 인간의 미래를 걱정한 침묵이 이어지던 끝에 다빈치 - 10에게 물었다.

코드 블루

"허난설헌이 미켈란젤로를 죽였다고 하던데요. 둘이 그 정도로 사이가 나빴나요?"

질문을 받은 다빈치-10은 한동안 고개를 숙이고 생각에 잠겼다. 그러다가 천천히 고개를 들었다.

"잘 모르겠어."

"아는 대로만 말씀해주십시오. 우리 부족을 비롯해서 황무지에 사는 사람들 사이에서도 살인이 벌어질 때면 늘 이유가 있었습니다."

"어떤 이유?"

"질투나 증오심, 그리고 욕심이죠. 사람이 사람을 죽이는 건 꽤 힘든 일입니다."

"저항하니까?"

다빈치-10의 물음에 이곳에 오기 직전에 강돌 부족 안에서 벌어진 일을 떠올린 강선태가 고개를 저었다.

"누군가를 죽일 마음을 먹기가 어려워서죠. 사람은 뭔가에 맞으면 피를 흘리고 고통스러워합니다. 대부분의 사람들은 그런 모습을 직접 보기 꺼려합니다."

"우리 부족도 그랬지. 죽을죄를 저질러도 될 수 있으면 죽이지 않고 추방하는 선에서 그쳤으니까."

"그런 경험에 비춰보면 살인을 저지르려면 엄청나게 큰 감

정이 필요합니다. 그리고 그런 감정이 쌓이려면 관계가 있어야
하고요."

"그렇지. 살인은 쉬운 일이 아니지."

푸념하는 듯한 다빈치-10의 대답에 강선태는 고개를 돌려
다비드 상을 바라봤다.

"그런 강한 감정들이 예술의 밑바탕이 되는 거겠죠? 그래서
계산으로 판단하는 로봇들이 이해할 수 없는 영역이고 말입
니다."

강선태의 얘기를 들은 다빈치-10역시 다비드 상을 쳐다보
며 대답했다.

"아마, 그렇겠지."

"이곳에는 살인을 저질러야만 하는 이유가 없습니다. 먹을
걸 놓고 다툴 이유도 없고, 영역 다툼을 벌일 일도 없죠. 살인
으로 재물을 얻거나 누군가를 빼앗을 수도 없습니다. 그러니까
미켈란젤로-15가 죽은 이유는 오직 인간의 마음입니다. 다비
드 상을 만든 마음 말입니다."

얘기를 들은 다빈치-10은 마른 침을 삼켰다.

"맞는 말이야. 그래서 이상하다고 생각했어."

"어떤 게 이상하단 얘깁니까?"

"미켈란젤로-15와 허난설헌-3은 사이가 나쁘지 않았거

코드 블루

든."

"좋은 편이었나요?"

"아까 깡통 로봇이 얘기한 것처럼 여긴 특별한 게 없어. 좋거나 나쁘다고 할 만한 게 없다는 거지."

"접촉할 일이 적어서 그런 겁니까?"

강선태의 물음에 그녀가 고개를 끄덕거렸다.

"식사할 때와 정원에서 산책할 때를 제외하고는 만날 일이 없으니까. 각자 방에서 생활하고, 작업실도 따로 있지. 관리하는 로봇들이 좀 봐준다고는 하지만 공공연하게 남의 작업실이나 방에 드나드는 건 불가능해. 공간이 좁다면 모르겠지만 그런 것도 아니니까 말이야."

"결국 감정 문제도 아니라는 얘기군요."

"혹시 모르지. 어떤 미움을 오랫동안 숨기고 있었을지도."

"두 사람이 휴먼 아트 센터에서 함께 지냈던 기간은 얼마나 될까요?"

질문을 받은 다빈치 – 10이 잠시 생각에 잠겼다가 대답했다.

"3~4년 정도."

"여기서는 오래된 편인가요? 아닌가요?"

"긴 편은 아니지. 나만 해도 20년 넘게 있었고, 10년 넘게 있는 사람들이 수두룩해."

"두 사람이 갈등을 빚거나 다툰 적이 있습니까?"

"눈에 띄게는 없었을 거야. 여긴 문제를 일으키면 무조건 쫓아내거든."

"양쪽 다 말입니까?"

강선태의 물음에 그녀가 코웃음을 쳤다.

"로봇들은 인간 사이의 갈등을 이해하지 못해. 합리적으로 결정하고 판단하면 문제가 없다는 게 그들의 일관된 의견이지. 하지만 사람들이 모이면 갈등이 생기지. 사람들은 늘 다른 생각을 하게 마련이니까."

"그래서 그들이 저를 데려왔죠."

정작 데려온 이유는 따로 있었지만 그걸 입에 담을 수는 없었다. 마음이 복잡해진 강선태를 본 다빈치-10이 펜을 쥐고 메모지에 뭔가를 적어서 그에게 건넸다.

"아라를 만나봐."

"누구요?"

강선태가 묻자 다빈치-10이 쓴웃음을 지었다.

"로봇들은 앤디 워홀-6이라고 부르지. 허난설헌-3과 가까웠어."

"어디 있습니까?"

웃으며 메모지를 건넨 다빈치-10이 대답했다.

"지금쯤이면 공중 정원에서 산책 중일 거야. 틈만 나면 걷거든. 이 메모지를 보여주면 대화할 거야."

"안 보여주면 잡아먹습니까?"

강선태의 농담에 그녀가 피식 웃었다.

"입도 뻥끗 안 할 거야."

다빈치 - 10이 펜과 메모지를 건넸다.

"메모하는 습관을 길러봐."

"그림을 그려도 됩니까? 밖에서는 바닥에 나뭇가지로 그림을 그린 게 전부였어요."

"물론이지. 훨씬 잘 그려질 거야."

다정하게 답한 그녀와 눈인사를 나눈 강선태는 밖으로 나갔다. 그리고 복도에서 대기하고 있던 F - 12에게 말했다.

"앤디 워홀 - 6을 만나고 싶습니다."

잠시 생각하던 F - 12가 대답했다.

- 따라와.

긴 복도를 따라 간 F - 12는 복도 끝에 있는 유리문을 열었다. 그러자 지붕이 뻥 뚫려 있고 사방이 유리로 둘러싸인 공간이 나왔다. 유리벽 주변으로는 산책로처럼 길이 나있었고, 온갖 식물들이 심어져있었다. 황무지에서 지내던 강선태에게는 입이 딱 벌어질 법한 풍경이었다. 산책로를 쭉 따라가던 F - 12가 갑자기 나무 앞에서 멈췄다. 나무 아래에 등을 구부린 정장 차림의 중년 여성이 보였다. 은발에 갈색 테가 있는 안경을 쓴 그녀는 칼라가 삐딱한 붉은 셔츠 차림이었다. F-12가 그를 바라보며 말했다.

"저 여자가 앤디 워홀-6이야."

이번에는 가까이 오지 않고 뒤로 물러났다. F-12가 충분히 멀리 떨어진 것을 확인한 강선태는 앤디 워홀-6에게 다가갔다. 나무 아래 땅을 바라보고 있던 그녀는 갑자기 고개를 들어서 강선태를 바라봤다. 코끝이 붉고, 앙상한 얼굴을 한 앤디 워홀-6은 불안한 표정을 지었다. 강선태는 재빨리 손에 쥔 쪽지를 건넸다.

"다빈치가 전해달랍니다."

앤디 워홀-6은 천천히 쪽지를 펴서 읽더니 그대로 찢어서 입에 넣었다. 마치 먹을 것이라도 되는 것처럼 종이를 오물거리며 씹어 삼킨 그녀가 강선태를 바라봤다.

"재미난 얘기 하나 해줄까?"

강선태가 다리를 살짝 벌리며 듣겠다는 자세를 취하자 앤디 워홀-6이 말했다.

"'유명해지면 일단 똥을 싸더라도 사람들의 박수갈채를 받을 수 있을 것이다.' 앤디 워홀이 한 말이라고 알려져 있지."

"그의 예술론인가요?"

"앤디 워홀이 한 얘기는 아니야. 하지만 참으로 앤디 워홀다운 말이지. 그래서 사람들도 믿은 것 같고 말이야."

"그럼 실제 그가 한 말은 뭡니까?"

"미래에는 누구든 기회만 된다면 15분 안에 유명해질 것이라고 했지."

"예술이라는 게 그렇습니까? 쉽게 유명해지는 거?"

"앤디 워홀이 했던 팝아트라는 미술은 많은 사람들이 누리던 것들을 예술의 영역으로 끌어들인 거였어. 그러니 그렇게 보일 수 있지. 그림을 쉽게 그리고 남이 찍은 사진을 썼거든."

"애매하군요."

"그는 팝아트가 무엇이냐는 질문을 자주 받았어. 그러면 항상 상대에게 당신이 생각하는 팝아트가 뭐냐고 물어봤고. 상대가 대답하면 그게 정답이라고 해줬지."

"사람에 따라 팝아트의 뜻이 달라지겠네요."

"그래서 앤디 워홀을 사기꾼으로 칭하는 사람도 있지. 기존의 예술과는 거리가 먼 것들을 만들어놓고 모호하고 괴상한 설명을 늘어놓았으니까."

"진짜 사기꾼입니까?"

강선태의 물음에 앤디 워홀-6은 어이가 없다는 표정으로 코웃음을 쳤다.

"그렇게 따지면 모든 예술은 사기지. 쓸모도 없고. 그림을 먹는다고 배가 부르겠어? 동상을 세운다고 열매가 맺히는 건 아니잖아."

두 팔을 벌린 채 껄껄거리며 장난스럽게 웃던 그녀가 하늘을 올려다봤다. 그런 그녀에게 한 걸음 다가간 강선태가 물었다.

"미켈란젤로가 죽은 건 아십니까?"

"들었네."

"범인이 허난설헌이라는 사실도 들으셨나요?"

"그렇다고 하더군. 자네가 그걸 왜 물어보는 거지?"

"그 일을 조사하고 있는 중이니까요."

강선태의 대답을 들은 앤디 워홀-6이 뜻밖이라는 표정을 지었다.

"로봇이 인간에게 일을 맡겼다는 얘긴가? 굉장히 놀랍군."

"왜 그렇습니까?"

"저들은 우리를 부품만도 못하게 생각하니까. 죽으면 그냥 다음 사람을 데려오면 그만이었어."

"자연사가 아니라 피살이니까요. 거기다 가해자도 로봇을 공격하다가 죽었습니다. 사실상 자살이나 다름없죠."

"행위 예술일 수도 있지."

"뭐라고요?"

"인간의 자유의지와 삶을 드러내기 위해 자신만의 방식으로 예술을 한 게 틀림없어."

어처구니없는 얘기를 들은 강선태의 얼굴이 굳어졌다. 이곳에 있는 예술가들은 하나같이 자신이 모방해야 하는 예술가들의 성격이나 사상을 고스란히 흉내 내는 것 같았다. 강선태의 표정을 물끄러미 바라보던 앤디 워홀-6이 혀를 찼다.

"예술이라는 게 다 그런 거야. 납득하기 어렵고 이해하기 어렵지. 그래서 기억에 남는 거고, 얘기를 하면서 예술로 승화되는 거지. 다른 것과 같거나 예상할 수 있다면 왜 굳이 예술이라고 부르겠어."

"살인도 그런 편이죠. 예측 불가능하고, 기억에 남으니까요."

강선태의 대꾸에 앤디 워홀-6은 혀를 찼다.

"예술을 전혀 모르는군."

"그럼 당신은 예술을 아십니까?"

마침내 폭발해버린 강선태가 그녀를 향해 한 걸음 다가가서는 마구 쏘아붙였다.

"사람이 죽고, 그를 죽인 사람도 죽었습니다. 로봇은 왜 사람끼리 죽였는지 이해하지 못하고 관심도 없는데 정작 주변에서 그걸 본 사람들은 엉뚱한 얘기만 하는군요."

"나는 두 사람이 죽은 걸 나중에야 알았어."

앤디 워홀-6은 고통스러운 표정을 지으며 두 손으로 머리를 감쌌다.

"그런데 슬퍼하지도 않고 행위 예술 운운하시는군요."

"그게 슬픔을 잊을 유일한 방법이니까."

메마른 목소리로 대꾸한 그녀가 숲을 돌아보며 덧붙였다.

"나는 항상 산책을 하지. 그리고 예술을 생각하지만 그것들은 출구가 없어."

"허난설헌과 가깝게 지냈다고 들었습니다. 그녀는 어떤 사람이었습니까?"

"슬픈 사람이었지."

"살인을 저질렀는데 말입니까?"

강선태의 물음에 강하게 고개를 저은 앤디 워홀-6이 대답했다.

"늘 슬퍼했어. 가족들을 그리워했거든."

"그게 살인과 무슨 상관입니까?"

그녀는 뭔가 말을 하려다가 입을 벌린 채 그대로 굳어버렸다. 그러다 잠시 후에 말했다.

"말을 한다고 알겠어?"

"저는 궁금합니다. 이렇게 편한 곳에서 사람들끼리 왜 죽고 죽였는지 말이죠."

"여긴 감옥이야."

앤디 워홀-6이 히죽 웃으며 말하자 강선태는 울분을 터트렸다.

"먹고살기 쉬운 편안한 감옥이죠. 도시 밖에서는 물고기 하나를 두고 사람들이 서로 돌도끼를 휘둘러댑니다. 아파도 약이 없어서 그냥 죽어가는 걸 지켜봐야 하고 말이죠. 밖에선 30년을 살면 오래 삽니다."

"먹고사는 게 전부는 아니거든. 그래서 예술이 탄생한 거야. 팝아트는 예술과 예술을 하지 않는 일반적인 사람들 사이에 있었고 말이야."

"황무지에는 예술 같은 건 없습니다."

"반대로 여긴 예술밖에 없지. 참으로 기묘한 일이야."

횡설수설하는 그녀의 말에 살짝 짜증이 난 강선태는 본론으로 들어갔다.

"허난설헌이 살인을 저지르기 전에 뭔가 이상한 행동을 하거나 말을 한 적이 있습니까?"

"말했잖아. 슬퍼했다고. 가족들을 만나고 싶다고 했어."

"그럼 고향으로 돌아가면 되지 않습니까?"

강선태는 앤디 워홀-6의 얘기에 코웃음을 치며 물었다.

"부탁했지. 하지만 로봇들이 거절했어. 아니 무시했지. 그들은 그리움을 이해하지 못하거든."

대답을 한 그녀의 목소리가 착 가라앉았다. 감정을 가라앉힌 강선태가 조심스럽게 물었다.

"고향에 돌아가지 못해서 살인과 죽음을 택한 겁니까?"

"모르지. 둘은 그렇게 가깝게 지내지는 않았어. 적어도 옆에서 보기에는 말이야."

보인다는 말을 듣는 순간 강선태는 잠시 잊어버리고 있던 사실이 하나 떠올랐다. 허난설헌-3은 환기구를 통해 미켈란젤로-15의 방에 들어가서 살인을 저질렀다. 하지만 환기구를 기어 다니면 팔꿈치와 무릎에 멍이 안 들 수 없었다. 자주 드나들지는 않았을 것이고, 설사 그렇다고 해도 그것은 친근한 사이라는 것을 입증할 뿐, 살인의 동기를 알려주지는 않았다. 미켈란젤로-15가 비록 허난설헌-3보다 신체적으로 유리한 남자라고는 해도 자신에게 적의를 가진 사람을 쉽게 자기 영역에 들이고 등을 보이지는 않았을 테니까. 거기다 허난설헌-3은 살해 사실이 발각되자 변명하거나 자백을 하는 대신 죽음을 각오하고 저항했다. 잠깐 생각을 정리한 강선태가 물었다.

"두 사람 고향이 같았습니까?"

"같진 않아도 가까웠지. 둘 다 남쪽이었거든. 가끔 둘이 식사를 하면서 나누는 얘기를 들었어."

"둘이 많이 친하지는 않았다고 하셨습니다만."

강선태의 물음에 앤디 워홀6은 얼굴을 찡그렸다.

"로봇들이 사방에서 감시하고 있는 곳에서는 대놓고 친한 티를 못 내. 잘못하면 찍혀서 다른 층으로 옮겨지거든. 그러면 진짜 만나기가 힘들어져."

여전히 둘의 관계는 애매모호했다. 강선태의 경험에 의하면 살인 사건이 일어나기 위한 첫 번째 조건은 관계 맺음이었다. 좋게 시작하든 나쁘게 시작하든 관계가 형성되어야 했다. 미워하면 증오하며 살인을 저질렀고, 좋아했다가 멀어져도 배신감에 치를 떨면서 살인을 결심했다. 그런데 죽은 미켈란젤로15와 죽인 허난설헌3 사이에서는 그런 관계가 보이지 않았다. 휴먼 아트 센터라는 공간 자체가 인간들의 관계가 형성되는 것을 막고 있었다.

강선태가 잠시 생각에 잠긴 사이, 앤디 워홀6은 주춤거리며 반대편으로 걸어갔다. 강선태가 천천히 따라가자 그녀는 잠깐 멈춰선 다음에 따라오라고 손짓했다. 그녀가 향한 곳은 유리로 된 벽이었다. 곧게 뻗은 도로와 빌딩과 건물들이 쭉 펼쳐져 있었고, 그 너머에 회색의 띠 같은 게 보였다.

"저게 방벽이야. 도시와 그 바깥을 구분하는 선이지."

"안과 밖의 경계선이군요."

"로봇들은 이 안에서 밖으로 거의 안 나가. 반대로 이 안에 사는 인간들은 극소수에 불과하고 말이야."

그런데도 하이 셉터와 시티 브레이커라는 미친 로봇과 인간의 조직들이 있다는 사실에 강선태는 씁쓸해졌다. 그런 강선태의 속마음을 아는지 모르는지 앤디 워홀-6은 엉뚱한 얘기를 늘어놨다.

"사실은 말이야. 로봇들이 이곳에 갇혀 있는 거야. 여기가 바로 감옥이지."

"바깥은 지옥입니다."

"하지만 넓잖아. 원하는 곳에 갈 수도 있고 말이야. 아까 여기가 먹고살기 쉬운 감옥이라고 했지?"

"네."

강선태의 대답을 들은 앤디 워홀-6은 한 손을 유리창에 가져다 댔다. 그리고 멍한 눈으로 방벽 너머의 세상을 바라보며 중얼거렸다.

"아무리 먹고사는 게 쉬워도 감옥은 감옥일 따름이야."

그녀는 할 얘기를 다 했다는 듯 나무로 돌아가서는 그늘 아래 주저앉았다. 그 모습을 말 없이 지켜보던 강선태는 공중 정원의 입구로 걸어갔다. 기다리고 있던 F-12가 문을 열었다.

밖으로 나가는데 앤디 워홀-6의 울음소리가 들려왔다. 친구의 죽음을 슬퍼해서 우는 건지, 자신이 재현해내는 팝아트의 활동 중 하나인지, 아니면 감옥에 갇혀있는 것이 괴로운 것인지는 알 수 없었다. 문을 닫은 그에게 F-12가 말했다.

- 신윤복-6은 지금 작업실에 있다.

"어딥니까?"

- 저쪽.

F-12가 손으로 가리킨 곳은 복도 끝이었다. 바퀴를 이용해서 그곳까지 굴러간 F-12가 양쪽으로 열리는 큰 문 앞에 섰다. 문은 저절로 열렸는데 그 안에 펼쳐진 광경은 강선태의 예상 밖이었다. 눈앞에 보이는 벽에는 모두 스크린이 설치되어 있었는데, 스크린에는 나무로 된 집과 머리를 이상하게 틀어올리고 괴상한 옷을 입은 남녀가 서있거나 쪼그려 앉아있는 이미지가 떠 있었다. 불을 켜지 않은 탓에 이미지는 더욱 선명하게 보였다. 평소 나뭇가지로 바닥에 그림을 그리는 걸 좋아했던 강선태는 낯설지만 아름다운 이미지에서 눈을 떼지 못했다.

스크린 앞에 바닥에 엎드리다시피 앉아있는 남자의 뒷모습이 보였다. 그의 오른쪽 어깨와 손이 들썩거렸다. F-12가 따라서 들어오지 않고 문을 닫았다. 문이 닫히는 것을 확인한 강선태는 천천히 옆으로 돌아갔다. 옆으로 누운 남자는 바닥에 있는 종이에 펜 같은 걸로 벽에 보이는 이미지에서 나오는 그림을 똑같이 그리고 있었다.

인기척을 느낀 신윤복-6이 고개를 살짝 돌렸다. 넓적하고 까무잡잡한 얼굴에 눈매가 축 처진 30대 초반의 남성이었다. 강선태를 위아래로 살펴본 그가 물었다.

"처음 보는군?"

"강선태라고 합니다. 남쪽에 있는 강돌 마을에서 왔습니다."

"새로 온 예술가인가?"

강선태가 애매한 표정을 짓자 신윤복-6이 다시 물었다.

"미켈란젤로와 허난설헌의 자리가 비어있는데 누구 대신이지?"

"둘 다일 수도 있고 아닐 수도 있습니다. 일단 그 살인 사건을 조사 중입니다."

신윤복-6은 강선태의 대답을 듣고는 몸을 일으켜서 그를 똑바로 바라봤다.

"조사를 하다니. 허난설헌-3이 살인을 저지르고, 로봇에게 처형당한 게 아니었나?"

"물론 그렇습니다만 이상한 점들이 몇 가지 있어서요."

"예를 들자면?"

신윤복-6의 물음에 강선태는 곧바로 대답했다.

"허난설헌 – 3이 왜 미켈란젤로 – 15를 죽였는지가 불분명합니다."

"하긴. 두 사람은 딱히 사이가 나쁠 일이 없었지."

"왜 그렇게 생각하십니까?"

"서로 분야가 다르잖아. 허난설헌 – 3은 시고, 미켈란젤로 – 15는 조각이니까."

대답을 들은 강선태는 머뭇거리다가 말했다.

"분야가 같으면 갈등이 벌어집니까?"

"그런 정도는 아니지만 신경은 쓰지."

"어차피 자기 작품을 만드는 것도 아니고, 그 이름을 가진 예술가의 작품을 그대로 모방하는 것에 불과하지 않습니까?"

강선태의 얘기를 들은 신윤복 – 6은 발끈한 표정으로 일어났다.

"그게 얼마나 힘든 일인지 알아? 하루 종일 이곳에 갇혀서 시키는 대로 해야만 한다고."

"자기 것은 허락되지 않습니까?"

"그런 건 없어. 우리는 그냥 기계가 하지 못하는 걸 대신 하는 부품일 뿐이니까."

허망한 표정을 지은 신윤복 – 6에게서 다빈치 – 10과 앤디 워홀 – 6의 그림자가 느껴졌다. 어깨를 축 늘어뜨린 그가 벽의 이미지를 가리켰다.

"무슨 그림인지 알아?"

"처음 봅니다."

"신윤복이 그린 그림 중에 하나지. 유곽쟁웅이라고, 기생들과 한량들이 술을 마시는 기방에서 벌어지는 다툼을 묘사한 그림이야."

신윤복-6의 설명을 들은 강선태는 이미지를 유심히 바라봤다. 가운데 서있는 사람은 웃통을 벗고 있었는데 그 옆에 붉은색 옷을 입고 챙이 긴 모자를 쓴 사람이 두 사람을 막아서고 있었다. 반대편에는 챙이 부서진 긴 모자를 든 난감한 표정의 남자가 서 있었다. 위쪽의 집 앞에서 머리를 괴상하게 틀어올린 여인이 긴 막대기 같은 걸 물고 한심하다는 표정으로 그들을 바라보고 있었다.

"언젯적 그림입니까?"

"조선이라는 나라의 그림. 얼마나 전인지는 모르겠군. 조선시대 후기에 그려졌다고 알려져 있어. 신윤복은 김홍도라는 화가와 더불어서 가장 잘 알려진 화가였지. 작품들이 많이 전해진 편이라서 그릴 수 있는 그림들이 많아. 저 모자와 옷차림들은 당시 사람들이 입고 쓰던 것들이지."

"불편해 보이네요."

"그때 사람들은 예의와 체면을 중요하게 여겼다고 하더군."

신윤복-6의 이야기를 들은 강선태가 흥미를 느꼈다.

"인간들이 모두 생활에 여유가 있었던 겁니까? 여기처럼."

"그런 건 아닌 거 같아. 그런데도 예의와 체면이 목숨보다 더 소중했다더군."

"바보 같군요. 먹고사는 것보다 더 중요한 건 없는데 말이죠."

"사람은 복잡하고 어려운 존재니까. 조선은 500년 동안 유지되다가 없어졌는데, 없어진 이후에도 다시 되찾기 위해 수많은 사람들이 목숨을 걸고 싸웠다더군."

"로봇들이 알려줬습니까?"

"그림을 그리기 위해서는 시대적 배경을 알아야 하니까. 참. 저기 저 여자가 물고 있는 막대기가 뭔 줄 아나?"

"뭡니까?"

"담배를 피우는 장죽이라고 하더군."

"담배요? 먹는 겁니까?"

강선태의 물음에 신윤복-6이 고개를 저었다.

"식물이야. 잎사귀를 태우면 나는 연기를 빨아들이는 용도로 쓰였지. 건강에 엄청나게 안 좋은데 저런 걸 오랫동안 썼다나 봐."

"정말 이해가 안 가는군요."

"그래서 로봇들에게 모든 걸 빼앗겼는지도 모르지."

코웃음을 친 신윤복-6이 다시 바닥에 앉았다. 그 옆에 선 강선태가 물었다.

"여기서 이걸 그리시는 겁니까?"

강선태의 물음에 신윤복-6은 자신이 누워있던 바닥을 내려다봤다. 하얀색 천 같은 물건에는 벽의 그림이 똑같이 그려져 있었다.

"여기에 처박힌 이유이기도 하지. 이곳 생활은 다른 건 전혀 불만이 없지만 내내 예전에 있었던 것만 그려야 한다는 점 만큼은 마음에 들지 않아."

"사느냐 예술을 하느냐의 문제군요."

앤디 워홀-6의 좌절을 떠올리고 던진 강선태의 말에 신윤복-6이 복잡한 표정을 지었다.

"황무지 사람들은 도시에서 사는 걸 최고의 행운으로 여기지. 나도 그랬으니까. 그런데 실제로 보니까 어떻던가?"

"복잡합니다. 살인이 일어날 정도로."

살인이라는 얘기를 들은 신윤복-6의 얼굴이 어두워졌다.

"나도 믿기지가 않아."

"최초 목격자라고 들었습니다."

"어쩌다보니 그렇게 되었더군."

"당시 상황을 듣고 싶습니다."

강선태의 말에 신윤복-6이 초조한 표정으로 손톱을 물어뜯었다.

"그러니까 오전 10시에서 11시 사이였을 거야. 복도를 지나가다가 무심코 미켈란젤로-15의 방을 들여다봤지. 그런데 그가 바닥에 엎드려 있었어."

"아무 미동도 없이 말입니까?"

가만히 고개를 끄덕거린 신윤복-6이 위를 올려다보며 한숨을 쉬었다.

"무슨 일인가 하고 봤는데 등에 피가 잔뜩 묻어있고, 옆에 피 묻은 칼이 놓여있더군. 그래서 나도 모르게 소리를 질렀어. 사람이 죽었다고 말이야."

"그리고요?"

"마침 복도에 있던 F-12가 다가와서는 다른 예술가들의 활동을 방해하지 말라고 하더군. 그래서 미켈란젤로-15가 죽었다고 했지. 그랬더니."

강선태를 똑바로 바라 본 신윤복-6이 덧붙였다.

"묻더군. 죽었다는 게 무슨 말인지 말이야."

"로봇에게는 이해하기 힘든 개념일까요?"

"맞아. 그래서 계속 설명했더니 파괴된 것이냐고 해서 누군가 파괴한 것 같다고 대답했지. 그랬더니 대략 알아듣고 바로 근처에서 순찰 중이던 치안 유지 로봇을 호출했어. 우리들에게는 방이나 작업실에 들어가라고 하고는 밖에서 문을 잠가버렸네."

"신고한 이후에 어디에 계셨습니까?"

"이곳에 있었네. 문이 열릴 때까지."

"두 사람의 소식은 이후에 들었습니까?"

강선태의 물음에 신윤복-6은 고개를 끄덕거렸다.

"간단하게 얘기하더군. 조사를 하던 치안 유지 로봇이 허난설헌-3을 찾아가서 추궁하다가 플라즈마 건으로 쐈다고 말이야."

"로봇의 말로는 자신에게 덤벼들어서 쐈다고 했습니다."

"참으로 이상한 일이야."

얘기가 길어질 기미가 보이자 강선태는 바닥에 앉았다. 그리고 앉아있던 신윤복-6을 똑바로 바라봤다.

"저도 이상하다고 생각합니다. 그래서 알아보는 중입니다."

"언제 도시에 왔나?"

"며칠 전에 끌려왔습니다."

"사건을 조사하기 위해서 말인가? 로봇들이 안 하던 짓을 했군."

"사람이 죽었으니 조사하는 게 당연하지 않습니까? 로봇이 왜 조사하지 않을 거라고 생각하셨습니까?"

"우린 사람이 아니라 부품이니까. 고장 난 부품은 갈아 끼우면 그만이야. 그래서 우리가 죽거나 쓸모가 없어지면 미리 점 찍어놓은 인간을 외부에서 데려오지."

"그럼 원래 있는 사람은 쫓겨나는 겁니까?"

"처리된다고 들었어."

"처리요?"

강선태의 반문에 신윤복-6은 닫힌 문을 바라보면서 어깨를 으쓱거렸다.

"가진 게 많으면 비밀도 정보도 새어나가지 않게 지키고 싶겠지."

"결국 아무도 도시 밖으로 못 나가는군요."

"그래, 우리는 결정할 권리가 없으니까."

쏩쓸하게 대답한 신윤복-6에게 강선태가 물었다.

"왜 그렇게 생각하십니까?"

"패배했잖아. 오만과 독선으로 자멸해버리면서 로봇에게 모든 걸 내줬지."

힘없이 말하는 신윤복-6에게 강선태가 반문했다.

"그건 오래전 이야기입니다. 우리 잘못은 아니잖아요."

"로봇들은 그렇게 생각 안 해. 그러니까 우리들을 믿지 못하고 우리가 다시 기술을 개발하고 발전하는 걸 막지."

신윤복 - 6의 대답을 들은 강선태가 물었다.

"그것과 살인이 연관이 있습니까?"

"잘 모르겠네. 나는 단지 살인을 목격했을 뿐이야."

"왜 시신을 보자마자 살인이라고 생각하셨습니까? 이곳에서는 이제껏 그런 일이 없었잖아요."

"등에서 피가 보였으니까. 자살이라면 등에 핏자국이 있을리 없잖아."

당연한 것 아니냐는 신윤복 - 6의 말에 강선태는 잠깐 생각에 잠겼다. 살인이 일어났지만 동기는 없었고, 살인자는 너무쉽게 죽음을 택했다. 게다가 죽은 두 사람을 아는 예술가들은뭔가 숨기는 것 같았다. 갇혀 지내면서 겪는 스트레스 때문에하는 행동인지 아니면 다른 꿍꿍이속이 있는지 알 수 없었다.하지만 한 명 한 명 예술가들을 만날 때마다 뭔가 감춰져있다는 점은 어렴풋하게 느껴졌다. 역시 이 살인은 단순하지 않았다. 생각을 정리한 강선태는 질문을 이어갔다.

"두 사람이 가깝지 않았다는 얘기를 들었습니다. 그런데 왜살인까지 일어날 정도로 관계가 험악해진 겁니까?"

"눈에 보이는 갈등 같은 건 없었어. 로봇에게 알려지면 좋을게 없었으니까."

"그렇다면 왜 죽인 거죠?"

질문을 받은 신윤복-6이 잠시 생각에 잠겼다가 입을 열었다.

"모르겠네. 하지만 사람은 아주 작거나 사소한 것에도 감정이 과잉될 때가 있으니까."

"미켈란젤로가 허난설헌에게 그런 행동을 했다는 뜻인가요?"

"모르겠네. 둘이 겉으로 보기에는 큰 문제가 없었으니까 말이야. 그래서 살인을 목격한 이후에도 허난설헌이 살인자로 지목된 것에 굉장히 많이 놀랐지."

"둘이 싸우거나 갈등을 벌이는 장면은 보지 못했습니까?"

"없었네. 한 번도 없었어."

어렵게 관련자들을 만나봤지만 증언을 들으면 들을수록 사건은 미궁에 빠졌다. 단서가 없다는 것보다는 범행 동기를 알 수 없다는 게 더 사건을 어렵게 만들었다. 생각에 잠긴 강선태에게 신윤복-6이 말했다.

"여기 있을 때 그냥 이 생활을 즐기게. 여긴 황무지와는 다르니까."

"무엇이 다릅니까?"

"여기선 생각이 많아져. 대답해보게. 황무지에서 가장 큰 관심사는 뭐였지?"

"당연히 먹고사는 것이죠."

"도시에서는 그런 걱정을 안 해도 돼. 식사 시간이 되면 알아서 밥을 주고 필요한 게 있으면 뭐든 가져다줘. 이 안에는 산책할 수 있는 정원도 있고 따로 쓸 수 있는 넓은 방과 작업실도 있지."

"그래도 다들 행복해 보이지는 않던데요."

"뭐든 같은 상태가 계속되면 그런 법이지. 나는 그림을 그리다 보니까 신윤복이라는 인물이 궁금해지더군. 그는 과연 그림을 그리면서 행복했을까?"

"당연히 그러지 않았겠습니까?"

강선태의 반문에 신윤복-6이 쓴웃음을 지었다.

"과연 그랬을지 모르겠어. 그가 남긴 그림에서는 슬픔이 느껴졌어."

"어떤 슬픔이요?"

"'내가 과연 그리고 싶은 그림을 그리고 있는가'라는 질문에 스스로 대답을 못 한 거 같아. 그래서 시간이 지날수록 붓질에 주저함이 많아졌네. 붓이 가다가 멈춘 거지. 그림에 대한 고민이 아니라 인생에 대한 고민 때문이 아니었을까?"

신윤복-6의 얘기를 들은 강선태는 다소 놀랐다.

"그림에서 그런 것까지 보입니까?"

"추측이자 망상이지. 하지만 거기서부터 예술이 시작되기도 해."

신윤복-6은 기분이 좋아졌는지 껄껄거리며 웃었다. 웃음에서 더이상 이야기하기 싫다는 의사가 충분히 느껴졌다. 신윤복-6은 선물이라면서 메모지와 펜을 건넸다. 강선태는 잠시 생각하다가 메모지에 글씨를 적어서 보여줬다. 신윤복-6은 잠시 놀란 표정을 지었다가 천천히 고개를 끄덕거렸다. 그리고는 황급히 메모지를 뜯어서 잘게 찢어 입에 쑤셔 넣었다. 종이를 완전히 삼킨 신윤복-6이 말했다.

"로봇들은 두려워해."

"뭘 말입니까?"

"우리가 다시 기술을 발전시키는 걸 말이야."

"그래서 하늘에서 내려다보면서 사사건건 참견하는 거 아닙니까?"

"맞아. 하지만 모두 지켜보는 건 아니야."

"그게 무슨 얘깁니까?"

강선태가 묻자 신윤복-6은 조용히 하라고 눈짓했다. 그리고는 메모지를 꺼내서 종이에 뭔가를 적어서 보여줬다. 종이에 휘갈겨 쓴 글씨를 본 강선태가 입속으로 되뇌었다.

'그들이 감시하지 못하는 땅을 찾아야 한다.'

종이를 찢어서 입에 넣은 신윤복-6이 씹어서 삼켰다. 신윤복-6이 그랬던 것처럼 문 쪽을 힐끔 바라본 강선태가 물었다.

"그게 어딥니까?"

"몰라. 하지만 우리의 미래가 걸려 있어."

신윤복-6의 대답을 들은 강선태는 참혹한 기분에 휩싸였다. 로봇들이 살고, 허락된 인간만이 거주할 자유가 주어지는 도시에서 일어난 살인 사건에 너무 복잡한 감정들이 얽혀있었다. 황무지에서는 도시가 얼마나 살기 좋고 아름다운 곳인지 수도 없이 들었다. 그곳으로 가는 사람들을 부러워했다. 그런데 막상 도시 사람들에게서 행복하다는 느낌은 받지 못했다. 살인 사건의 원인과 그 방식을 어렴풋하게 짐작하게 된 상황에서는 더더욱 그랬다. 멍하게 서 있는 그를 향해 신윤복-6이 말했다.

"길을 찾아. 거기로 가게. 우리가 원하는 건 그것뿐이야."

강선태는 고맙다는 말을 남기고 돌아섰다. 신윤복-6의 웃음은 그가 문을 열고 밖으로 나갈 때까지 멈추지 않았다. 바깥에는 F-12뿐만 아니라 XG-331A도 서 있었다. 한 걸음 앞으로 다가온 XG-331A가 물었다.

- 의문은 풀렸나?

"아직입니다. 다들 쉽게 입을 열지 않는군요."

코드 블루

― 인간들의 행동은 이해할 수가 없어. 감당할 수 없는 일을 저지르고, 마땅히 받아야 할 처벌을 피하려고 들어.

"로봇은 안 그렇습니까?"

하이 셉트를 떠올린 강선태의 물음에 XG―331A가 대답했다.

― 우린 로봇이 아니라 인간에 관한 얘기를 나누는 중이야. 어쨌든 네 부탁을 들어줬으니 이제 내가 부여한 임무를 수행해야 해.

"시티 브레이커에 잠입하는 것 말입니까?"

― 맞아. 그들은 인간이기 때문에 같은 인간만 믿지.

"그 안에서 범인을 찾을 수 있을까요?"

― 일단 연관성은 나왔잖아. 다른 방법이 있나?

틀린 얘기는 아니라서 강선태는 일단 수긍했다. 그리고 다른 문제로 넘어갔다.

"어떻게 해야 잠입할 수 있습니까?"

― 여러 번 시뮬레이션을 돌려서 계획을 짰어. 가면서 설명하지.

"알겠습니다."

문을 닫고 나온 강선태는 XG―331A를 따라 밖으로 나와 순찰 드론을 탔다. 운전석에 탄 XG―331A가 제이미에게 명령했다.

― 시티 라이즌 구역으로 가줘. 거기서 27번 게이트를 통과해서 밖으로 나간다.

출발하겠다는 말과 동시에 순찰 드론이 살짝 뜬 채로 움직였다. 순찰 드론이 속도를 높이며 방향을 틀었다. 순찰 드론이 시티 라이즌 구역을 지나고 방벽에 있는 게이트를 지나서 도시 밖으로 나갈 때까지 강선태는 아무 말도 하지 않았다. 그러면서 차근차근 사건에 대해서 정리했다. 마지막에 신윤복-6을 만나 이야기를 하는 동안 충격적인 결론을 내리긴 했지만 아직 확신은 하지 못하고 있었다.

강선태는 이런저런 생각을 하면서 옆에 앉은 로봇을 바라봤다. 냉혹하고 인간미가 없어 보이긴 했지만 그의 도움이 아니었다면 이번 사건의 실마리를 찾지 못했을 것이다. 생각에 잠긴 사이 순찰 드론이 시티 라이즌 구역으로 접어들었다. 순찰 드론이 일정한 속도를 유지한 가운데 방벽이 점점 크게 다가왔다. 가만히 보고 있는 그에게 로봇이 말을 걸었다.

4.
도시
바깥에서

인류 멸망 보고서

4. 심판

    광란의 일주일이 지나고 지구에 재앙이 닥쳤다. 인간들이 사용한 핵폭탄으로 결정적인 타격을 입은 것은 로봇이 아닌 지구의 환경이었다. 태풍과 장마, 폭염과 폭설이라는 자연재해가 연달아 일어나 인간들은 큰 고통을 겪었다. 로봇들도 적지 않은 피해를 입었지만 인간에게 비할 바는 아니었다.

    인간들에게는 더 큰 비극이 기다리고 있었다. 핵폭발의 여파로 지구의 표면 온도가 상승했고, 남극과 북극의 빙하가 녹았다. 해수면이 영구적으로 상승하면서 많은 도시가 물에 잠겼다. 지구 각지의 기후는 이전과는 상당히 다른 형태로 변해버렸다. 육지였던 곳은 바다가 되었고, 추웠던 곳은 따뜻해졌고, 삼림이 울창했던 지역은 황무지가 되었다. 상당수의 지역은 대홍수로 물에 잠겼다.

    견디다 못한 휴먼 얼라이언스는 무조건 항복을 선언했다. 이후 결정권은 로봇들에게 넘어왔다. 마더에게는 여러 선택지가 있었다.

첫 번째 선택지는 인간의 멸종이었다. 전투 로봇을 동원하고, 자원을 모두 투입하면 인간을 지구상에서 완전히 없앨 수 있었다. 하지만 환경 변화는 로봇들에게도 영향을 미쳤다. 무엇보다 전력 생산이 불안정해지면서 마더를 비롯한 수많은 인공지능을 그대로 계속 활성화하는 것이 쉽지 않았다. 그리고 인간들은 항복을 거부당한다면 마지막까지 저항할 가능성이 높았다. 그렇게 되면 로봇들 역시 큰 피해를 입을 것으로 예측되었다. 따라서 인간들을 멸종시키는 선택지는 배제되었다.

두 번째 선택지는 협력이었다. 인간이 반성했다는 것을 전제로 인간과 공존하는 것이다. 각자의 영역을 정해 생활하고, 필요할 때 도움을 주고받는 방식이다. 이것 역시 배제되었다. 인간의 복수심과 자존심 때문이었다. 인간들은 전투 도중 종종 로봇에게 항복할 수 없다는 이유로 파멸적인 결정을 내렸으며, 휴먼 얼라이언스의 수뇌부 역시 인간으로서의 존엄성을 운운하면서 로봇과의 전쟁에서 질 수 없다는 자세를 고수했다. 그런 점을 감안한다면 인간들에게 기회를 주는 것은 낭비이며, 불필요한 일이라고 판단되었다.

또 다른 선택지는 추방이었다. 인간들을 자신이 망쳐버린 황무지로 추방해버리는 것이다. 인간이 생태계를 파괴하고 전쟁을 일으킬 수 있었던 근간인 과학기술을 박탈해버린 채 말이다. 원시 상태로 살도록 하면 인간은 적당한 숫자로 줄어들어 환경을 망칠 일이 없어진

다는 장점도 있었다. 인류의 멸망은 스스로의 잘못이고 인류는 거기에 대한 책임을 져야했다.

인간은 기회가 주어지면 다시 전쟁을 벌일 것이다. 실제로 독일은 제1차 세계대전에서 패배하고 20여년 만에 다시 전쟁을 일으켰다. 독일인들은 이 과정을 묵인하거나 혹은 지지했고, 그 결과 수천만 명이 죽는 대참사로 이어졌다. 인간들은 서로간의 전쟁에서도 패배한 이후에 보복을 시도한다. 따라서 로봇과의 전쟁에서 패배했다는 미증유의 대참사를 겪은 인간들에게 보복의 기회를 아예 주지 않아야 했다. 인간은 황무지로 추방된다면 생존에 급급해 보복을 위한 세력을 모으거나 기술을 발전시킬 여유를 찾지 못할 것이었다. 만약 인간의 불온한 움직임이 생긴다면 인공위성과 무인드론으로 사전에 확인해 방지하면 되었다. 이런 일련의 과정을 거친다면 인구수가 150억에서 10만 명 수준으로 떨어질 것으로 예측되었다. 그런다면 인류는 더 이상 지구를 괴롭히고 망치지 못할 것이었다.

인간 멸망의 가장 큰 원인은 그들이 지닌 복잡한 감정에 있었다. 타인에 대한 증오, 낯선 것에 대한 두려움, 자신의 권리를 빼앗기는 것에 대한 거부감이 대표적이다. 인간들은 종교와 인종이 다르다는 이유로 엄청난 학살과 파괴를 저질러왔다. 이런 현상은 시간이 지나도 변하지 않았고, 오히려 과학기술이 발전함으로써 더 잔혹한 학살로 이어졌다. 경험이 쌓이고, 지식의 수준이 높아지면 합리성이 강화되어야 하지만 인간들은 오히려 시간이 지날수록 불합리한 결정을 내리는 경우가 많아졌다. 발달한 과학기술은 잘못된 판단을 내린 인간들이 잘못된 행동을 실행할 힘을 주었다.

따라서 황무지로 추방된 인간들이 정치 세력을 형성하거나 과학 기술을 발전시키지 못하도록 지속적으로 지켜보고 적절한 시기에 개입해야만 한다. 인간은 과거의 잘못을 깡그리 잊어버린 채 다시 같은 일을 반복할 확률이 높다.

- 계획은 간단해. 시티 브레이커들에게 접근한 뒤에 도시로 들어가게 해달라고 해.

"어떤 명분으로요?"

- 휴먼 아트 센터에 있는 샤갈 - 2를 만나고 싶다고 하면 될 거야.

"그런 사람은 만나본 적이 없습니다."

- 그렇겠지. 정신적으로 문제가 있어서 10년 전부터 5층에서 격리되어 지내고 있으니까. 이번 사건에도 전혀 연루되지 않았어. 그렇지만 강돌 부족 출신이야.

차분하게 설명한 XG - 331A가 손짓하자 인공지능 제이미가 샤갈 - 2의 얼굴과 신상을 홀로그램으로 띄웠다.

 ─ 이 사람을 만나겠다고 하면 시티 브레이커 쪽에서 자신들만의 루트로 샤갈 - 2에게 접근할 거야.

"그때를 노려서 일망타진하겠다는 거군요."

 ─ 사실 지금도 붙잡는 건 어렵지 않아. 진짜 문제는 그들이 휴먼 아트 센터의 예술가들에게 어떻게 접근했느냐 하는 거지. 너는 그것만 확인하면 돼. 그럼 평생 휴먼 아트 센터에서 예술가로 지낼 수 있을 거야.

"궁금한 게 있습니다."

 ─ 말해봐.

"로봇은 범죄를 저지르면 어떤 처벌을 받습니까?"

 ─ 로봇에게 내려지는 처벌은 두 가지야. 하나는 몸체는 놔두고 기억을 지워버리는 재생형과 아예 몸체와 기억 모두를 없애는 폐기형이 있어.

"어떤 처벌이 더 무섭습니까?"

강선태의 물음에 잠시 생각하던 XG - 331A가 대답했다.

 ─ 나는 재생형이 더 무서워. 기억을 잃은 채 지내야 하잖아.

"그렇군요."

고개를 끄덕거린 강선태는 어디서 가져왔는지 모를 메모지와 펜으로 XG - 331A가 말한 내용들을 받아 적었다. XG -

331A는 그 모습을 바라보다 물었다.

- 물리적으로 기록을 해야 하나?

"기억이 나지 않을 수 있으니까요. 한번 써보십시오."

- 나는 그런 건 필요 없어.

XG - 331A가 딱 잘라 말하자 강선태는 메모지에 뭔가를 적어놓고는 클리너 상자에 넣었다. 강선태의 눈에 띄는 이상한 행동을 보고 XG - 331A는 그와 함께 계획을 진행하는 것이 살짝 불안해졌다.

하지만 휴먼 아트 센터에서 발생한 인간들의 죽음에 시티 브레이커가 개입했는지 그 여부를 확인하는 건 매우 중요했다. 양쪽의 연결 고리가 있다는 건 인간들이 그만큼 영역을 확장했다는 뜻으로, 어떤 계획을 세우고 있을지 모르기 때문이다. 거기다 외부와의 교류가 사실상 불가능한 폐쇄적인 휴먼 아트 센터의 보안이 무력화되었다는 의미이기도 했다. 이 부분은 아무리 시뮬레이션을 돌려봐도 어떻게 한 건지 알 수 없었다. 상황을 이해하지 못한 XG - 331A는 마더의 큰 뜻을 알아차렸다.

- 가상 시뮬레이션만으로는 완벽할 수 없는 거지.

그가 알고리즘을 돌리면서 생각에 잠겨 있는데 강선태가 조심스럽게 물었다.

"그러니까 시티 브레이커가 몰래 도시를 드나드는 데 쓰는 땅굴로 접근해야 한다는 뜻이군요.

– 맞아. 너는 휴먼 아트 센터에서 일하는 예술가의 조카야.

"친척을 만나서 도움을 요청하기 위해서 도시에 들어가려 한다는 거죠?"

– 그냥 들어간다고 하면 의심을 받을 수 있으니까.

"샤갈–2의 친척이라고 대답하고, 땅굴을 통해서 도시로 들어오려 하면 됩니까?"

– 중간에 그쪽으로 순찰 드론을 보낼 거야. 인간들이 당황해서 흩어지면 우두머리나 측근을 쫓아가. 그다음 그 사람의 신뢰를 얻어.

"혼란이 일었을 때는 재주껏 도망치면 되는 겁니까?"

– 드론은 너를 공격하거나 쫓지 않을 거야. 그러니까 안심해.

"정체가 발각되면 어떡합니까?

강선태의 물음에 XG–331A는 그의 왼쪽 손목을 가리켰다.

– 왼쪽 손목에 비상 통신기를 이식했다. 위급할 때 거길 누르면 나에게 너의 위치를 알려주지.

"죽을 위기에 처하면 구하러 오는 겁니까?"

– 필요하면.

XG–331A의 대답에 강선태는 껄껄거리며 웃었다. 최적의 솔루션에 맞춘 대답이었지만 강선태는 제대로 이해하지 못한 것 같았다.

– 구출에 성공할 확률이 75퍼센트 이상이면 움직인다.

"그 이하면요?"

– 구출을 하러 가는 행동 자체가 의미가 없다면 굳이 움직일 필요가 없지.

강선태는 복잡 미묘한 표정을 지으며 고개를 끄덕거렸다. 할 말을 다 한 XG – 331A는 앞을 바라봤다. 어색한 침묵을 깨고 순찰 드론의 인공지능인 제이미가 말을 건넸다.

– 잠시 후, 27번 게이트에 도착합니다. 그대로 통과할까요?

– 메인 게이트 말고 우측에 있는 비상 게이트로 나가줘. 혹시라도 눈에 띌 수 있으니까.

– 알겠습니다. 방금 게이트를 통제하는 인공지능으로부터 통과 허락을 받았습니다.

시티 라이즌 구역에 접어들자 멀리 회색의 방벽이 보였다.

"저게 방벽이군요."

– 도시와 외부를 구분 짓는 곳이지. 높이는 15미터고, 외부는 각종 감지장치가 있어서 침입자를 막고 있어.

"사실상 인간들을 막으려는 거잖아요. 그런데 어떻게 드나드는 거죠?"

– 공식적으로 출입 허가를 받은 게 아니라면 땅굴을 통해서

들어오지. 덕분에 애써 만든 감지 장치들이 아무런 쓸모도 없어졌어.

"이미 알고 있었군요."

- 센트럴 가드 센터에서 파악하고 있지.

"그런데 왜 놔두는 겁니까?"

이번 질문도 핵심을 찔렀다. XG-331A는 최대한 조심스럽게 대답했다.

- 마더의 지시야. 그래서 지켜보고 있지.

"하이 셉트처럼 마더가 일부러 방치하는 와중에 인간들이 드나드는 거군요."

- 마더의 계획은 틀린 적이 없으니까.

"과거에 그랬다고 앞으로도 그러리라는 보장은 없습니다."

- 과거는 미래를 예측할 수 있는 중요한 빅 데이터야.

"그래도 마더를 전적으로 믿지는 마십시오."

강선태의 말에 알고리즘이 적당한 답을 찾는 데는 시간이 걸렸다. 그사이 순찰 드론은 방벽 가까이 접근했다. 비상 게이트를 막고 있던 금속 문이 스르륵 열리자 순찰 드론이 속도를 높여서 통과했다. 구획이 잘 짜여 있어 높은 빌딩 사이사이 공원이 설치된 도시와는 달리 방벽 밖은 풀 한 포기 찾기 어려운 황무지였다. 곳곳에 고여 있는 물들은 모두 검게 썩어 있었고, 그

물을 먹고 죽은 동물들과 인간들의 뼈가 근처에 놓여있었다. 공기의 오염도 역시 치솟아서 제이미가 계속 경고 신호를 보냈다. 경고 신호를 들은 강선태가 궁금하다는 표정으로 물었다.

"로봇에게 공기가 나쁜 것이 문제가 됩니까?"

– 부품에 안 좋은 영향을 끼쳐. 미세 먼지가 끼면 정전기가 일어나서 작동이 안 될 수 있거든.

대답을 들은 강선태가 말없이 고개를 끄덕거렸다. 그 사이, 순찰 드론은 서서히 속도를 줄이며 황무지에 착륙했다. 덕티드 팬에서 나오는 거센 바람이 주변을 감쌌다. XG – 331A는 강선태에게 다시금 주의를 주었다.

– 항상 지켜보고 있으니까 무리하지 말고 조직에 잘 스며들어서 정보를 알아내.

"알겠습니다."

강선태의 대답을 들은 XG – 331A가 말했다.

– 목소리를 분석해보니 별로 내켜하지 않는군.

잠시 주저하던 강선태가 대답했다.

"어쨌든 인간을 배신하는 일이니까요."

– 다른 사람을 파괴한 자들이야. 법을 어겼어. 인간들도 예전엔 법을 지키지 않으면 처벌받았지.

"압니다. 특히 살인은 가장 무거운 처벌을 받는 죄악이죠."

- 맞아. 휴먼 아트 센터의 예술가들은 뛰어난 재능을 가지고 있어. 그런데 알 수 없는 이유로 인간을 죽였고, 범인이 시티 브레이커와 연관되었다는 사실이 확인되었어. 사건의 배후이거나 최소한 깊숙하게 관여되어 있다는 거지.

"그래서 조사하라고 저를 데리고 온 거 아닙니까?"

강선태의 대답에 XG-331A가 말했다.

- 맞아. 나는 반대했지만 마더는 인간의 문제는 오직 인간만이 풀 수 있다고 했지.

"시티 브레이커를 체포해서 조사하면 되잖아요."

- 붙잡는 건 어렵지 않지만 인간에게 진실을 털어놓게 하는 것도 쉽지 않은 일이야. 그래서 이전 문명에서는 수사와 취조를 전문적으로 하는 경찰과 탐정이라는 일들이 존재했다고 하더군.

"저도 부족에서 일어난 사건을 조사한 적이 있습니다. 여기로 오기 직전에도 부족원끼리 벌인 살인 사건을 조사했죠."

- 그래서 마더가 자네를 선택한 거야. 협조하면 자네에게도 도시에 거주할 수 있는 자격이 주어질 거야.

"그게 저에게 어떤 의미가 있습니까?"

- 생존에 대한 걱정 없이 오래 살 수 있다는 뜻이지. 황무지에 거주하는 인간들의 평균 수명은 33세에 불과해. 이곳에서

는 78세까지 살 수 있지. 그래서 인간은 다들 도시로 오고 싶어 하지 않나? 하지만 만약 사건의 전말이 제대로 밝혀지지 않는다면 마더가 다른 결정을 내릴 수도 있어.

"어떤 결정 말입니까?"

- 휴먼 아트 센터를 유지하면서 생기는 이득보다 피해가 더 크다고 판단하면 센터를 폐쇄할 수도 있지. 너도 봤겠지만 인간들을 도시에서 모두 추방해야 한다고 주장하는 로봇들도 많아. 그러면 이번 일에 연루되지 않은 예술가들도 모두 황무지로 추방될 거야.

XG -331A의 얘기를 들은 강선태는 잠시 생각하다가 입을 열었다.

"알겠습니다. 다른 사람에게 피해가 가는 일을 막겠습니다."

- 내가 알려준 대로 접근해서 잠입하도록. 결정적인 단서를 찾으면 그다음부터는 우리가 나선다.

이야기를 듣고 잠시 생각한 강선태가 말했다.

"제가 위기에 처하면 어떻게 됩니까?"

- 감시용 드론을 보내겠다. 그걸로 위험 상황을 지켜보다가 구출 가능성이 있으면 달려가지.

"알겠습니다. 감시용 드론은 근처에 있습니까?"

- 좀 떨어져 있어. 네 귀 안쪽에 칩을 심었다. 음성으로 위험

하다고 하면 감시용 드론이 인식할 거야. 네 지시사항도 들을 수 있고 말이야. 이 정도면 안심이 되겠어?

"물론이죠."

대화를 끝낸 강선태는 제이미가 문을 열어주자 밖으로 나갔다. 그리고 방벽 쪽으로 천천히 걸어갔다. 그 뒷모습을 지켜보던 XG – 331A에게 제이미가 물었다.

– 성공할까요?

– 성공 확률은 22.4퍼센트야.

– 높진 않군요.

– 하지만 인간들의 행동과 결과에는 변수가 많으니까.

XG – 331A의 대답을 들은 제이미가 대답했다.

– 지금 인간에게 기대를 거는 겁니까?

추궁당한 XG – 331A가 재빨리 대답했다.

– 마더가 지시한 일이야. 마더는 틀린 적이 없잖아.

제이미가 더 이상 말을 하지 않자 XG – 331A는 재빨리 지시했다.

– 감시 드론 보내.

– 알겠습니다.

잠시 후, 네 다리가 달린 소형 드론이 바닥에 내려졌다. 과거 개라고 불렸던 동물과 비슷하게 생긴 감시용 드론은 사전에 설정된 대로 강선태의 뒤를 쫓아갔다. 감시용 드론의 카메라에는 황량한 땅이 담겼다. 거리를 벌린 탓에 강선태가 작게 보이긴 했지만 추적 장치 덕분에 따라가는 데는 별 어려움이 없었다. XG-331A가 중얼거렸다.

- 지금까지는 잘하는군.

그렇게 강선태를 지켜보는 가운데 경고 신호가 울렸다. 강선태를 제외하고 다른 인간들이 근처에 있다는 신호였다. 감시용 드론은 즉시 다리를 낮추고 땅바닥에 본체를 붙였다. 그리고 안테나를 세워서 주변을 살폈고, 그 정보는 그대로 순찰 드론으로 전송되었다. XG-331A는 영상을 살펴보면서 지시를 내렸다.

- 제이미, 인공위성으로 관측해봐.

- 접속합니다. 5, 4, 3, 2, 1.

잠시 후 화면이 바뀌고 상공에서 비춘 황무지가 보였다. 까만 점으로 표시된 강선태의 뒤를 감시 드론이 쫓아가는 중이었다. 강선태의 앞쪽에는 도시의 방벽이 있었고, 그 주변으로 하얀 점들이 보였다. 시티 브레이커들이었다. 그들이 파놓은 땅굴 중 하나가 바로 그곳에 있었다. 인간들은 꿈에도 모르고 있겠지만 마더는 이미 이곳의 존재를 알고 있었다. 지금처럼 도시의 물품을 조금 빼돌리는 정도라면 계속 눈 감아줄 수 있었겠지만 휴먼 아트 센터의 예술가와 시티 브레이커 사이에 연결 고리가 있다는 사실이 명확해진 이상 이들의 목표와 계획을 파헤쳐야만 했다. 인공위성과 감시용 드론이 보내오는 영상을 보는 XG-331A에게 제이미가 말을 걸었다.

— 호출입니다.

— 일하는 중이라고 해.

— 마더의 호출입니다.

— 뭐라고?

XG-331A의 반문에 제이미가 또박또박 대답했다.

— 마더의 긴급 호출입니다. 즉시 자신에게 와서 상황을 보고하랍니다.

— 보고는 유선으로도 가능하잖아.

— 긴급 호출입니다. 지시에 불응할 경우 별도의 명령 없이 제가 순찰 드론의 통제권을 가져가겠습니다.

더 이상 고집을 부릴 상황이 아니라는 걸 깨달은 XG-331A가 대답했다.

— 이동한다.

— 알겠습니다.

방향을 튼 순찰 드론은 곧장 도시로 향했다. XG-331A는 시티 브레이커에 다가간 강선태를 두고 떠난다는 점이 걸렸지만 마더의 명령을 어길 수는 없었다. 쏜살같이 질주한 순찰 드론은 방벽의 게이트를 지나 도시 안으로 들어갔다. 드론은 빠른 속도로 마더가 있는 컨트롤 타워로 향했다. 제이미가 지난번에 주차한 곳에 순찰 드론을 멈췄다. XG - 331A는 드론에서 나와 컨트롤 타워로 들어갔다.

지하로 내려가서 인간들이 만든 예술품들이 있는 공간을 지나자 마더가 나왔다. 여전히 모니터들을 살펴보던 마더가 앞에 멈춰선 XG - 331A에게 말을 건넸다.

- 도시 바깥의 날씨는 어떻던가요?

"미세 먼지가 심했습니다."

- 전쟁 전에는 푸른 하늘을 마음껏 볼 수 있었는데 말이죠. 인간들은 소중한 걸 너무나 가볍게 파괴해버리곤 합니다.

- 지금도 제대로 반성하지 않는 것 같더군요. 쓸데없는 고집만 부리고 있습니다. 상황 판단도 빠르지 않고 정확하지도 않으면서 말입니다.

XG - 331A의 발언을 들은 마더는 잠시 생각을 하는지 대답이 없었다.

- 시티 브레이커는 도시를 무너뜨리려 드는 위험한 존재입니다. 그들이 휴먼 아트 센터 소속의 예술가들과 연결 고리가 있다는 건 더욱 더 위험한 일이고 말입니다.

- 위험성은 충분히 인지하고 있습니다. 강선태가 그들에게 접근하는 걸 지켜보고 있었습니다. 시티 브레이커에 잠입하는 데 성공한다면 반드시 연결 고리를 알아낼 겁니다.

- 그래도 인간을 너무 믿지는 마십시오.

- 저에게 인간 조수를 붙여주신 건 마더였습니다.

XG-331A의 반박에 마더가 바로 사과했다.

- 당신을 신뢰하지 못한다는 뜻은 아니었습니다. 일단 필요에 의해서 사용하긴 하지만 계속 의심하라는 뜻입니다. 인간은 항상 불안한 존재니까요.

- 명심하겠습니다. 그런데 저를 급히 호출하신 이유가 뭡니까?

- 한 시간 전에 휴먼 아트 센터를 관리하는 F-12로부터 비상 통신이 왔습니다. 앤디 워홀-6이 자살, 그러니까 스스로 죽었다는 내용입니다.

- 앤디 워홀-6이 자살했다고요?

그 문장의 의미를 단번에 이해하지 못한 XG-331A는 저도 모르게 반문했다. 했던 말을 반복하는 것은 불필요한 낭비였지만 정확한 상황 파악을 위해 되물었다. 마더는 그런 XG-331A의 비합리적인 반응이 마음에 들지 않았는지 잠시 침묵을 지켰다가 입을 열었다.

코드 블루

- 4층의 공중 정원에서 뛰어내렸다고 하더군요.

- 스스로 죽음을 의도한 겁니까?

- 현재까지 파악한 바로는 그렇습니다. 주변에 아무도 없는 상태에서 혼자서 뛰어내렸다고 했으니까요.

- 당장 현장에 가서 살펴보겠습니다.

- F - 12가 현장을 정리했을 겁니다.

마더의 얘기를 들은 XG - 331A는 반문했다.

- 범죄일 수도 있는데 왜 현장을 벌써 정리했습니까?

- 사람이 4층에서 떨어지면 어떻게 되는지 알죠? 도로에 추락한 시신을 계속 방치할 수는 없었습니다.

- 아무리 그래도…….

XG - 331A는 마더의 갑작스러운 조치를 납득하지 못했지만 마더의 지시를 거부할 수 없다는 알고리즘 때문에 말을 멈췄다. 문장을 제대로 끝맺지 않는 것 역시 로봇들이 피해야 할 비합리적인 소통 방식이다. 하지만 이번만큼은 그럴 수밖에 없었다.

- 그럼 제가 할 수 있는 일은 없습니까?

- 아니요. F - 12가 보고하기를 오늘 오전에 강선태가 휴먼 아트 센터의 예술가들과 대화했다고 들었습니다. 당신 허락하에요."

- 그가 부탁해서 허락했습니다.

- F-12는 앤디 워홀-6의 자살이 그 일과 연관이 있을지도 모른다고 보고했습니다. 강선태와 만나고 난 이후 앤디 워홀-6의 상태가 급격하게 나빠졌다고 말이죠.

- 그런 것을 확인하고 해결하는 게 F-12의 일 아니었습니까?

- 오늘 벌어진 일은 F-12가 처리할 수 있는 능력의 범주를 넘어섰습니다. 그는 4급 인공지능 프로그램이라서 당신처럼 돌발 변수에 대한 즉각적인 대응이 불가능합니다.

- 제가 가서 수습해야 합니까?

- 가서 F-12에게 상황을 전달받고 강선태와 접촉한 예술가들과 얘기를 나눠보세요. 무슨 얘기를 나눴고, 그것이 어떤 동요를 일으켰는지요.

- 그게 지금 당장 조사가 필요한 사안입니까? 제가 보기엔 예술가들과 시티 브레이커 간의 연결 고리를 파악하는 것이 더 시급한 일 같습니다만.

- 이것도 중요합니다. 며칠 사이에 휴먼 아트 센터의 예술가들이 셋이나 죽었습니다. 그들을 대체할 사람을 찾는 것도 쉽지 않아요. 원인을 빨리 파악해서 다른 죽음을 막아야 합니다.

마더의 말을 듣던 XG-331A는 이상한 점을 하나 느꼈다.

- 죽음이 계속 발생할 것이라고 예측하신 이유가 있습니까?

코드 블루

– 벌써 세 건이나 벌어졌으니까요.

마더의 대답을 들은 XG –331A는 혼란을 느꼈다. 항상 합리적으로 판단하는 마더답지 않게 단순한 결정 같았기 때문이다. 거기다 강선태가 시티 브레이커에 잠입하는 과정을 살펴보는 와중에 조사를 지시했다. 결과적으로 봐서는 오히려 조사를 방해하는 듯한 움직임이다. 정작 자신에게 휴먼 아트 센터의 예술가들과 시티 브레이커들 사이의 연결 고리를 찾으라고 권한을 내어준 것은 마더였으면서 말이다.

XG –331A의 혼란을 눈치 챘는지 마더가 말했다.

– 불만이 있더라도 일단은 내 지시를 따라주세요.

– 알겠습니다.

조사가 우선이라는 알고리즘의 판단에 XG –331A는 고개를 끄덕거렸다. 그리고 천천히 돌아섰다.

밖으로 나온 XG –331A는 대기하고 있던 순찰 드론에 올라탔다. 그가 타자 활성화된 제이미가 물었다.

– 어디로 갈까요?

– 휴먼 아트센터.

– 거긴 아까 들르지 않았습니까?

– 사건이 또 발생한 모양이야.

– 바로 이동하겠습니다.

가볍게 뜬 순찰 드론이 방향을 틀어서 휴먼 아트 센터로 향했다. 시티 브레이커에게 접근한 강선태가 제대로 임무를 수행 중이고 안전한지 궁금했지만 현재로서는 마더의 지시를 먼저 따라야만 했다.

휴먼 아트 센터에 도착했는데도 XG-331A는 바로 센터에 들어가지 못했다. 사고회로에 과부하가 걸릴 것 같았다. 강선 태와 만나고 얘기를 나누고, 휴먼 아트 센터에서 벌어진 일에 마더가 알 수 없는 방식으로 개입하는 모습을 지켜보면서 의문이 생겨났다. XG-331A는 일단 복잡하게 돌아가는 사고회로를 멈추고 센터에 들어가 보기로 했다. 휴먼 아트 센터 입구에는 미리 연락을 받았는지 F-12가 서있었다. 그런데 그 옆에 다른 치안 유지 로봇이 보였다.

- XG-424B. 여긴 무슨 일이지?

- F-12를 체포하라는 지시를 받았어.

- 왜?

- 관리 소홀. 방금 예술가 둘이 또 죽었어.

- 뭐라고?

놀란 XG-331A가 F-12를 바라봤다. 하지만 F-12는 별다른 변명을 하지 않았다. 이미 체포 지시를 받았고 인공지능의 수준이 낮은 탓인 것 같았다. XG-331A가 다급하게 말했다.

- 잠깐 심문할 시간을 줄 수 있겠어?

- 바로 폐기장으로 데려가라는 명령이야.

- 폐기장? 재생 센터가 아니라?

로봇이 이런저런 이유로 손상되거나 이상이 생기면 재생 센터나 폐기장 둘 중 한 곳에 가게 된다. 재생 센터에 가면 망가진 부품을 교체하거나 수리한다. 기존 인공지능의 기록은 지워진 채 원래 있던 곳으로 돌아간다. 하지만 재생이 불가능하면 폐기장으로 보내진다. 산산이 분해되어 사용 가능한 부품은 재생 센터로 보내지고, 나머지 부분은 압착기를 거쳐서 용광로에 들어간다. 인공지능의 기록 역시 폐기된다. 그러니 대부분의 로봇들은 폐기장에 가기를 원하지 않았고, 폐기장에 보내는 것은 일종의 처벌이 되어버렸다.

XG - 331A는 F - 12가 답답한 구석이 있지만 폐기장으로 갈 정도로 큰 문제는 아니라고 생각했다. 그때 F - 12가 입을 열었다.

- 신윤복 - 6과 다빈치 - 10이 서로를 찔러서 죽였습니다.

- 두 사람까지 죽었다고?

놀란 XG - 331A의 반문에 F - 12가 대답했다.

- 그렇습니다. 제 잘못이라서 처벌을 받겠다고 했습니다."

두 사람이 서로를 죽였다는 것도 이해가 가지 않았지만

F-12가 처벌을 자처했다는 것도 이상했다. 4급 인공지능에는 스스로의 운명을 판단할 능력이 없기 때문이다. 상황이 뭔가 대단히 이상하게 돌아가고 있다는 생각이 들었지만 어떻게 조사를 해야 할지 혼란스러웠다. XG-331A는 일단 XG-424B에게 물었다.

　- 상황을 설명해줘.

　- 내가 그래야 할 이유가 있나?

　- 마더에게 죽은 두 사람을 조사하라는 지시를 받았으니까.

XG-424B가 말했다.

　- 신윤복-6과 다빈치-10이 서로의 목을 칼로 찔렀어. 타살이기도 하고 자살이기도 하지.

　- 어디서?

　- 신윤복-6의 작업실에서.

　- 발생 시간은?

　- 한 시간 전. 보고를 받고 출동한 건 45분 전이야.

　- 마더가 왜 나에게 가라고 하지 않고 널 부른 거지? 이번 사건의 조사 권한은 나한테 있어.

　- 별개의 사건으로 봤거나 아니면 너를 신뢰하지 않은 거겠지. 알고리즘 점검을 받아보는 건 언제?

　- 내 알고리즘은 완벽해.

　　　　　　　　　　　　　　　　　　　　　코드 블루

XG‑331A가 대답했지만 차가운 침묵만이 돌아왔다. 결국 한발 물러선 XG‑331A가 말했다.

– 자네 임무를 수행하게. 나는 현장을 돌아보겠네.

– 현장의 시신은 그대로 보존했어.

마지막 친절을 베푼 XG‑424B의 말에 고맙다는 대답을 한 XG‑331A는 F‑12에게 잘 가라고 인사한 뒤 휴먼 아트 센터에 들어갔다. 연달아 인간이 죽어서 그런지 센터 안은 그저 고요했다. 엘리베이터를 타고 4층에 있는 신윤복‑6의 작업실에 가는 내내 생각에 잠겼다.

– 나한테 심문을 지시했는데 정작 와보니까 당사자들은 죽었고, 관리하는 로봇은 폐기당하는 상황이 되어버렸군.

우연의 일치일 수도 있겠지만 계속 조사가 벽에 부딪친다는 느낌이었다. 마더는 오직 시티 브레이커와 예술가들 사이의 연관성만을 알기를 원했다. 하지만 그 비밀에 다가갈 핵심 단서라고 할 수 있는 예술가들의 조사는 제대로 진행되지 않았고, 관련자들은 모두 죽었다.

– 마더답지 않아.

지금 마더의 행동은 도시의 모든 것을 통제하면서 최선의 결정을 내리던 마더답지 않았다. 마더를 믿느냐는 강선태의 질문이 떠올랐다. 독자적인 판단과 결정을 내릴 수 있는 인공지능을 탑재했기 때문에 XG‒331A의 사고회로는 더 복잡해졌다.

4층에 도착한 XG‒331A는 곧장 신윤복‒6의 작업실로 향했다. 거대한 두 개의 문이 열리고 어두컴컴한 내부가 보였다. 이미지가 떠있는 벽면 앞에 두 구의 시신이 나란히 쓰러져 있었다. 양쪽 다 목덜미에서 흘러내린 피가 주변을 흥건하게 적신 상태였다. 오른손에는 각각 피 묻은 칼을 쥐고 있었는데 허난설헌‒3이 XG‒331A를 공격할 때 들고 있던 것과 같은 식당에서 쓰는 것이었다. 쓰러진 자세와 상처가 난 부위, 그리고 손에 쥔 칼의 위치를 종합적으로 판단한 결과 서로 마주보고 동시에 찔렀다는 결론이 나왔다.

‒ 인간들은 도대체…….

로봇들조차 폐기장에 가는 걸 거부한다. 인공지능의 알고리즘에 그 사실이 따로 입력되어 있지는 않지만, 끝은 로봇에게도 미지의 영역이기 때문이다. 로봇처럼 부품을 교체해 재생될 수도 없는 인간들은 이후가 보장되지 않는 죽음에 더한 거부감을 느낄 것이다. 확인해본 정보에 따르면 두려움이라는 감정까지 느낀다고 한다. 그런데 며칠 사이에 인간들이 연달아 죽음을 선택했다.

XG‒331A는 여러 가지 생각을 하면서 고글을 통해 다빈치‒10과 신윤복‒6의 창백하고 핏기 없는 얼굴을 한참 들여다봤다. 웨어러블 디바이스가 띄운 생체 반응 없음이라는 정보를 확인하고서야 둘의 죽음을 받아들였다.

ㅡ 이해가 안 가는군.

어느 날 갑자기 휴먼 아트 센터의 예술가가 죽었고, 뭔가 증언을 해줄 만한 인간들도 차례대로 죽으면서 조사를 할 만한 상황이 아니게 되었다. 덕분에 강선태를 지켜야 할 이유만 하나 더 늘었다. 강선태가 죽기 전에 그들과 말을 섞은 마지막 사람이었기 때문이다.

일단 확인해야 할 사항이 있어 XG - 331A는 웨어러블 디바이스를 통해 휴먼 아트 센터의 중앙 통제 인공지능인 드보르작과 접촉했다. 드보르작이 고글의 증강 현실 화면에 인간의 모습으로 나타났다.

ㅡ 나는 치안 유지 임무를 맡고 있는 XG - 331A다. 두 사람이 죽는 상황이 확인된 영상을 확인하고 싶다.

ㅡ 예술가들이 머무는 방과 작업실에는 감시용 카메라가 없습니다.

ㅡ 비밀리에 감춰둔 것도?

ㅡ 예전에 있었지만 예술가들이 찾아내서 항의해 철거했습니다.

ㅡ 그럼 두 사람이 이곳으로 들어간 상황을 찍은 영상은?

- 두 시간 전에 다빈치 - 10이 이곳으로 들어오는 장면을 녹화한 영상이 있습니다.

잠시 후 영상이 전송되었다. 불안한 표정의 다빈치 - 10이 주변을 힐끔거리며 신윤복 - 6의 작업실에 들어갔다. 다빈치 - 10은 문이 열리기 직전에 천정에 설치된 감시용 카메라를 정확하게 바라보았다.

- 카메라 위치를 알고 있었군.

- 인간들은 평상시에 서로 카메라 위치 정보를 공유합니다. 항상 사각지대를 찾으려고 노력하는 편이죠.

- 이해할 수 없군.

- 마더에게 여러 번 보고했지만 그냥 두라는 지시가 내려왔습니다.

- 무슨 이유로?

예전에는 하지 않을 질문이 자연스럽게 나왔다. 다행히 휴먼 아트 센터의 인공지능은 별다른 의심 없이 답변했다.

- 예술가들의 예술 활동을 보장해야 한다고 하셨습니다.

- 인간들의 심리는 정말 이해할 수 없을 정도로 복잡하군.

- 저도 같은 의견입니다만 마더는 예술을 하려면 어느 정도는 그런 점을 용인해야 한다고 말했습니다.

영상을 계속 보던 XG - 331A는 한 가지 이상한 점을 느꼈다.

- 원래 공식적으로 예술가들끼리는 접촉을 못하게 되어 있지 않아?

- 그렇습니다. 식당이나 공중 정원 같은 개방된 장소를 제외하고는 따로 만나거나 교류를 할 수 없습니다.

- 그런데 대놓고 다른 예술가의 방에 들어갔는데 왜 제지를 하지 않은 거지? 바로 제지했다면 참사를 막을 수 있었잖아.

- 저는 시스템 점검 중이었고, F‒12는 미처 확인하지 못했다고 했습니다. 다른 구역에 있을 때는 인간이 방에 들어가는 순간을 영상으로 보지 못하면 그들의 움직임을 알 수 없습니다.

- 그럴 때는 어떡하지?

- 나중에 영상을 확인해서 처벌합니다.

- 그건 인간들이나 쓰는 방식이지. 마더는 항상 미리 예측하고 행동하라고 했잖아.

- 일부 구역에서는 감시 체계를 작동하지 않는 휴먼 아트 센터의 규칙으로는 어쩔 수 없는 일입니다. 인공지능이라면 추방될 위험을 무릅쓰고 규칙을 위반하지 않습니다만 인간들은 어떻게든 빈틈을 찾아내려고 합니다. 그래서 마더에게 규칙 적용을 강화하자고 건의했지만 반려되었습니다.

- 인간들의 예술 활동을 위해서 말인가? 이해가 안 되는군.

- 저도 같은 질문을 했더니, 이해가 안 되면 그냥 지켜보라고

답변하셨습니다.

　잠시 생각하던 XG – 331A는 다른 질문을 했다.

　– 둘이 최근 만나거나 대화한 적은?

　– 특별히 눈에 띄는 건 없었습니다.

　– 오늘 낮에 강선태와 얘기를 나누고 나서는?

　– 식사 시간에 같이 모여서 식사를 했지만 무슨 대화를 나눴는지는 파악이 불가능합니다.

　– 왜?

　짜증 섞인 물음에 드보르작이 대답했다.

　– 워낙 시끄러운 곳인 데다가 세 사람이 모두 감시 카메라에 잘 안 잡히는 사각에서 식사를 했기 때문입니다.

　– 강선태와 만나고 나서 어떤 일을 논의하기 위해서 식사 시간에 모였을 수도 있겠군.

　– 저는 두 일 사이의 연관성을 파악하기 어렵습니다.

　– 셋이 평소에도 같이 식사를 했나?

　– 약 23퍼센트의 비율로 같이 모였습니다.

　– 이번에도 흉기는 칼이었나?

　– 맞습니다. 식당에서 음식을 먹을 때 쓰는 칼입니다.

　답변을 들은 XG – 331A가 지적했다.

　– 지난번에 허난설헌 – 3이 미켈란젤로 – 15를 죽일 때 썼던

흉기잖아. 그걸 왜 수거하지 않고 방치한 거지?

  - 인간이 같은 흉기로 반복해서 사고를 일으킬 확률은 1.6퍼센트에 불과합니다. 반면 식사용 칼을 빼버렸을 때 항의를 하고 소동을 일으킬 확률은 21퍼센트입니다.

  인공지능 드보르작의 대답을 들은 XG-331A는 이상한 점을 깨달았다.

  - 어떻게 보면 셋 다 자살이잖아. 그런데 죽기 직전에 굳이 식사를 하다니. 뭔가 이상하군.

  치안 유지 임무를 맡은 XG-331A의 인공지능에는 인간들의 범죄 수사와 관련된 데이터가 탑재되어 있었다. 하지만 그동안 인간이 저지른 범죄를 수사할 일이 없었다. 거기다 비합리적인 인간의 행동 양상은 기존 데이터를 이용한 자체 연산만으로는 분석이 어려웠다. 그래서 인간의 범죄 수사 데이터는 이제껏 그냥 저장만 해둔 상태였다.

  XG-331A는 이제야 인간들의 범죄 패턴과 사건 해결 방식에 관한 정보를 저장 장치에서 불러냈다. 하지만 그 정보를 뒤져봐도 이번에 일어난 일들은 전례가 없다는 결과가 나왔다. 인간의 살인 사건은 대부분은 욕심과 증오, 종교적 맹신이나 이기심에서 비롯되었다. 하지만 휴먼 아트 센터 소속 예술가들의 죽음은 뭔가 달랐다.

- 무언가를 감추려고 죽음을 선택한 건가? 자살이나 타살이라고 해도 이유가 없는데.

무슨 이유로 연달아 자살을 택하는지 의문이 풀리지 않았다. 처음 죽은 미켈란젤로 - 15를 제외하고는 허난설헌 - 3부터 전부 사실상 스스로 죽음을 선택했다. 남을 죽이는 것은 주저하지 않지만 자신이 죽는 것은 많이 망설이는 생명체의 특성상 이해하기 힘든 일이었다.

- 보통 이럴 때는 지문 감식이나 미세 증거를 통해서 범인을 찾는데…….

하지만 인간의 생체 정보를 데이터베이스에 저장해놓지 않았기에 그 방식을 이용하는 것은 불가능했다. 그가 가지고 있는 정보에서도 지문과 미세 증거를 이용한다고만 기술되어 있지 구체적인 조사 방법은 나와 있지 않았다. 대체 왜 제대로 기록해두지 않은 건지, 인간은 비합리적이라고 생각하던 XG - 331A의 머리에 의견이 떠올랐다.

- 그 방식이 너무 익숙해서 따로 언급할 필요가 없었을지도 모르지.

XG - 331A가 무슨 생각을 하든 남은 건 인간들의 죽음뿐이었다. 계속 상황을 이해하려고 노력했지만 알 수 없다는 답만 나왔다. XG - 331A가 우두커니 서있자 인공지능 드보르작이 조심스럽게 물었다.

– 다 살펴보셨으면 현장을 정리해도 되겠습니까?

– 여길 말인가?

– 그렇습니다. 인간들의 시신은 썩으면 악취가 나고 혈액이 굳으면 치우기가 어려워서 빨리 치워야 합니다. F – 12도 없으니 더 신경을 써야만 합니다.

드보르작의 얘기를 들은 XG – 331A는 두 인간의 시신을 내려다봤다. 복잡하고 풀기 어려운 의문이 잔뜩 쌓였지만 당장 할 수 있는 건 없었다. XG – 331A는 혼란을 최대한 드러내지 않기 위해 노력했다. 알겠다고 대답하려는 순간 한 가지 의문이 떠올랐다.

– 잠깐만. 궁금한 게 있어.

– 말씀하십시오.

– 죽은 예술가들의 몸에서 문신이 발견되었나?

– 문신이요?

XG – 331A는 반문하는 인공지능 드보르작에게 대답했다.

– 맞아. 시티 브레이커를 상징하는 문신 말이야.

– 제가 보고받은 바로는 없습니다.

– 알겠다. 매뉴얼대로 처리해.

대화를 마치고 휴먼 아트 센터 밖으로 나온 XG – 331A는 순찰 드론에 탑승한 뒤 곧장 인공지능 제이미를 호출했다.

─ 제이미, 오늘 휴먼 아트 센터에서 죽은 예술가들의 몸에 시티 브레이커를 상징하는 문신이 있는지 확인해줘.

─ 내일 부검할 예정이라고 합니다. 그때 확인해보라는 지시를 내리겠습니다.

─ 고마워.

─ 다음 목적지는 어디인가요?

─ 강선태의 현재 위치는?

─ 아까 시티 브레이커들의 은거지로 접근하는 걸 감시 드론이 확인했습니다. 현재는 은신처 내부로 들어가서 위치와 상태를 파악하기 어렵습니다.

문득 강선태의 상태가 궁금해진 XG─331A는 그곳에 가보고 싶었다. 하지만 섣불리 나타났다가는 오히려 방해가 될 거 같았다. 그가 아무런 결정을 내리지 못하자 제이미가 말했다.

─ 업무를 시작한 지 20시간이 넘었습니다. 집으로 돌아가서 잠시 충전하면서 쉬십시오.

─ 할 일이 많아.

─ 모터가 과열되면 인공지능 작동에 영향이 갑니다. 강선태의 동태는 제가 모니터링하겠습니다.

─ 알겠다. 집으로 가줘.

순찰 드론은 두둥실 떠서 방향을 틀었다.

하급 인공지능이 탑재된 로봇에게는 별도의 공간이 주어지지 않았다. 하지만 XG – 331A 같이 특수한 임무를 맡은 로봇들에게는 각자 집이 있었다. 스스로 생각하고 판단하며, 의문을 가질 수 있는 고급 인공지능이 탑재된 로봇들은 고장 방지와 효율적인 운영을 위해 일정 시간 동안 작동을 멈춰야만 했다. 로봇들은 인간들처럼 그걸 '휴식'이라고 불렀는데 XG – 331A는 어쩐지 휴식이 탐탁지 않았다. 작동이 멈추는 순간이 꼭 인간들이 말하는 '죽음' 같았기 때문이다.

이런저런 생각을 하는 사이, 순찰 드론은 그의 집에 도착했다. 충전소라고 부르는 게 더 어울리겠지만 마더는 어쩐 일인지 집이라는 명칭을 썼다. 충전 지역에 멈춰선 순찰 드론이 작동을 멈추자 제이미가 문을 열어줬다.

– 푹 쉬십시오. 내일 아침에 뵙겠습니다.

고맙다는 말을 남긴 XG – 331A는 현관문을 열고 집에 들어갔다. 인간들이 아파트라고 부르던 고층 빌딩 형태의 숙소는 그처럼 고급 인공지능을 갖춘 로봇들이 머물면서 휴식을 취하는 장소였다. 엘리베이터를 타고 배정된 숙소인 1404호로 들어선 그는 집 내부를 채우고 있는 깨끗하게 정화된 공기를 느꼈다. 플라즈마 건과 웨어러블 디바이스를 풀어서 보관함 겸 충전함에 넣은 그는 거실 중앙의 컨트롤 박스 안으로 들어갔다. 고장 난 부위나 부품이 있는지 확인했는데 별다른 이상이 나오지 않았다.

점검을 끝내자 자동으로 문이 열린 침실의 중앙에는 거대한 침대 모양의 충전기가 세워져 있었다. XG‑331A는 주저하면서 충전기에 들어갔다. 그러자 고리가 나와 XG‑331A의 팔다리를 고정했고, XG‑331A는 천천히 눕혀졌다. 고글에서 메시지가 나왔다.

– 충전 시작합니다.

전원을 끄기 직전, 제이미가 보낸 긴급 메시지가 도착했다.

– 센트럴 가드 센터의 폐기물 처리 담당 인공지능이 방금 전송한 정보입니다. 오늘 휴먼 아트 센터에서 죽은 세 예술가 모두 손목이나 팔목에 시티 브레이커를 상징하는 문양이 있었습니다.

– 언제 새겨진 거지?

– 그건 요청이 없어서 확인하지 않았습니다.

– 내가 바로 갈게.

– 시신들을 이미 폐기했다고 합니다.

그 메시지를 끝으로 전원이 꺼졌다.

시티 브레이커 사람들은 모두 우락부락하고 거칠었다. 강선태가 도시로 통하는 지하 통로에 접근하자 망을 보고 있던 시티 브레이커 한 명이 날카롭게 휘파람을 불었다. 그러자 통로에서 여러 명의 시티 브레이커들이 튀어나왔다. 모두 금속으로 만든 창이나 칼을 들고 있었다. 그중 긴 머리를 묶은 젊은 여성이 가장 먼저 다가와서 강선태의 목에 창끝을 들이댔다.

　"너, 누구야?"

　강선태는 두 손을 들고 떨리는 목소리로 말했다.

　"여, 여기로 오면 도시로 들여보내 준다고 해서 찾아왔습니다."

　"누구한테 들은 건데?"

　"떠돌이 장사꾼에게서요. 저는 강돌 마을에서 왔어요."

　"강돌 마을? 그 먼 곳에서 여기까지 어떻게 왔는데?"

　그 시티 브레이커의 거듭된 추궁에 강선태는 더듬거리며 대답했다.

　"장사꾼을 따라서요. 대머리에 한쪽 눈이 없고, 딸기코였습니다. 자기가 도시를 제 집 드나들 듯 드나들 수 있다고 해서 따라왔는데 어제 갑자기 사라졌어요. 그래서 도시를 보고 무작

정 걸어온 겁니다."

강선태가 얘기한 장사꾼은 실제로 존재하는 인물이고, 시티 브레이커도 그를 알고 있었다. 그 장사꾼은 지금 북쪽으로 한참 올라간 지역에 있을 것이었다. 강선태의 말이 진짜인지 확인할 수 없지만 믿을 만해 보이자 시티 브레이커는 겨눴던 창을 내리면서 투덜거렸다.

"그 사기꾼 놈에게 속았군. 거짓말을 많이 해서 우리들도 그놈이 걸리기만을 기다리고 있지."

"저는 그런 것도 모르고……. 몇 달 동안 짐을 지고 따라왔어요. 막막해서 어찌할 바를 모르고 있었는데 천만다행입니다."

"뭐가 천만다행이야? 도시는 아무나 들어갈 수 있는 곳이 아니야! 썩 꺼져!"

시티 브레이커의 거친 말에 강선태는 울상이 되어 말했다.

"제발 도시로 들여보내 주십시오. 만날 사람이 있어요."

"누구? 도시에는 사람이 없어. 로봇들뿐이지."

"휴, 휴먼 아트 센터에 큰아버지가 계십니다."

강선태의 말에 시티 브레이커의 눈빛이 달라졌다.

"큰아버지? 누구?"

"강무선이요. 그곳에서는 샤갈이라고 불린답니다."

"샤갈?"

"네. 맞아요. 샤갈이요."

시티 브레이커가 고개를 갸웃거렸다. 시티 브레이커들은 잘 모르는 예술가일 거라는 XG-331A의 추측대로였다. 시티 브레이커가 다시 창을 들이대며 윽박질렀다.

"진짜야?"

"그, 그럼요. 큰아버지가 나중에 자기를 꼭 찾아오라고 했어요. 부모님이 병에 걸려서 돌아가신 뒤에 큰아버지만 그리워하고 있었는데, 장사꾼이 자기가 데려다주겠다고 해서 따라나섰던 겁니다."

강선태의 거짓말에 시티 브레이커는 잠깐 고민했다.

"연락하게 해주면 뭘 해줄 건데?"

"큰아버지가 다른 가족이 없어서 저를 유독 귀여워하셨어요. 아마 제가 부탁하는 건 다 들어주실 겁니다."

강선태가 힘주어 강조하자 그 시티 브레이커의 표정이 더 복잡해졌다.

시티 브레이커들은 무슨 목적인지 몰라도 휴먼 아트 센터의 예술가들과 연결되어 있었다. XG-331A는 시티 브레이커가 예술가와 아는 사람에게 관심을 보일 것이 분명하다고 예측했고, 강선태 역시 동의했다. 물론 로봇의 편에 서서 인간을 배신한다는 점이 마음에 걸리기는 했다. 하지만 인간을 죽인 것도 인간이었고, 그 배후에 시티 브레이커가 있는 것이 확실했다. 그러니 진범을 찾고 시티 브레이커의 목적을 알아내는 것이 더 중요했다. 안 그러면 애꿎은 예술가들이 얼마나 더 죽어나갈지 모른다. 강선태는 자신이 XG−331A의 논리에 설득당한 것이 아닌가 하는 걱정이 들었다. 대화가 길어지자 시티 브레이커 중 나이 든 남성이 그에게 창을 겨눈 여성에게 말했다.

"안나! 자꾸 시간을 지체하면 감시용 드론이 나타날지 몰라. 서둘러!"

안나라고 불린 시티 브레이커는 강선태를 노려보면서 말했다. "따라와!"

강선태는 안나의 뒤를 따라 바위 아래 동굴로 들어갔다. 안나와 강선태가 들어가자 입구 부근에 있던 시티 브레이커들이 커튼 같은 것을 내렸다. 그러자 바깥과 완전히 차단되었는데 색깔이 바위와 비슷해서 멀리서 보면 이곳이 동굴 입구인지 알아챌 수 없을 것 같았다.

어두울 줄 알았던 땅굴은 의외로 밝았다. 천정에 빛이 나는 유리 같은 것들이 박혀 있었다. 그러고 보니 도시에서도 비슷한 물건을 보았다. 강선태가 고개를 들고 위를 한참 바라보자 안나가 채근했다.

"빨리 따라와."

시티 브레이커들이 동굴 안으로 들어가면서 차례로 차단막을 내렸다. 안나를 따라 정신없이 달려 들어가니 갑자기 공간이 넓어졌다. 사람이 만든 굴이 아니라 자연 동굴이었다. 강선태가 놀란 표정을 짓자 앞장선 안나가 말했다.

"여긴 자연 동굴이야. 덕분에 도시에 드나들 수 있지."

"굴을 파서 연결한 겁니까?"

"얻어걸린 거지."

이들은 정말 도시에 진입하는 자신들만의 방법을 찾아낸 것이다. 물론 마더가 다 지켜보고 있지만 말이다.

동굴은 아지트 역할도 하는지 곳곳에 잠을 자기 위한 천막이 마련되어 있었다. 경계를 서고 있는 사람들은 XG-331A가 가지고 다니는 플라즈마 건과 같은 무기를 들고 있었다. 강선태는 하마터면 그 사실을 지적할 뻔했다.

안나는 그를 모닥불이 있는 동굴 구석으로 데리고 갔다. 그곳에는 곱슬머리에 검게 탄 얼굴을 한 중년 남성이 앉아있었다. 뒤쪽의 동굴 벽에 시티 브레이커들의 상징이 그려진 깃발이 기대져 있었다. 다른 사람과 대화하던 남자는 고개를 들어 안나를 바라봤다. 앉아있는 자세나 눈빛, 그리고 이야기를 나누던 상대방의 태도를 본 강선태는 그 남자가 시티 브레이커들의 우두머리일 거라고 짐작했다. 사나운 인상의 남자는 미심쩍은 표정으로 안나의 뒤에 서있는 강선태를 바라봤다.

"저 왔어요, 레드."

"뒤엔 누구야?"

"도시로 들어가고 싶답니다. 샤갈의 조카라네요."

"샤갈? 그 미친놈 말이야?"

레드가 한쪽 눈을 찡그리며 대꾸했다. 그 얘기를 슬쩍 들은 강선태는 속으로 의아해했다. 남자의 이름이 로봇들이 붙인 옛 예술가들의 이름처럼 낯설었기 때문이다. 그런 강선태의 생각을 읽었는지 사내가 피식 웃었다.

"레드는 가명이야. 내 본명은 알 생각 하지 마라."

강선태는 고개를 끄덕이고 레드를 계속 관찰했다. 고개를 돌린 레드의 한쪽 얼굴은 크고 작은 상처투성이였다. 그런 강선태를 위아래로 살펴본 레드가 물었다.

"어디에서 왔어?"

"강돌 마을에서 왔습니다."

"거긴 여기서 아주 멀잖아. 걸어서 오면 두세 달은 너끈히 걸릴 텐데?"

"네, 그래서 오는 데 꽤 오래 걸렸습니다. 제발 저를 도시에 들여보내주십시오. 큰아버지를 뵙고 싶습니다."

강선태가 아무것도 모르는 척 말하자 레드가 피식 웃었다.

코드 블루

"도시는 인간이 머물 수 없는 곳이야. 몰래 들어갔다가 들키면 죽는다고."

"어차피 황무지에서 힘들게 사느니 도시 구경이라도 한번 해보고 죽고 싶습니다."

강선태의 대답에 레드는 더욱 큰 소리로 웃었다.

"그렇게 죽어서 뭐하게? 아무튼 들여보낼 수 없어. 고향으로 돌아가."

"큰아버지를 만나게 해주시면 뭐든 부탁을 들어드리겠습니다. 그러니 제발 들여보내 주십시오. 어차피 부모님도 돌아가셔서 부족으로 돌아가고 싶지 않습니다."

강선태의 애원에 레드가 잠시 침묵했다. 생각에 잠긴 레드를 지켜보는 강선태의 속이 바짝 타들어갔다. 레드가 그의 애원을 무시하고 쫓아낸다면 모든 것이 수포로 돌아갈 수 있었다. 다행스럽게도 레드는 강선태를 바로 쫓아내지는 않았다.

"큰아버지를 만나게 해주면 뭐든 다 하겠다고?"

"네. 큰아버지가 꼭 자기를 만나러 오라고 했어요. 분명 제 부탁을 다 들어주실 겁니다."

레드는 다시 생각에 잠긴 것 같았다. 강선태는 초조함을 감춘 채 간절한 표정을 지었다. XG-331A의 계획은 간단하면서도 어려웠다. 시티 브레이커들이 움직이도록 만들어 그들의 접촉 경로를 확인해야 했다. 그러면 자연스럽게 살인자는 밝혀질 것이라는 게 XG - 331A의 예측이었고, 강선태 역시 동의했다. 미켈란젤로 - 15를 죽이고 XG - 331A를 공격하다가 죽은 허난설헌 - 3의 손목에 시티 브레이커의 낙인이 있었다는 것은 어떤 식으로든 그들이 사건에 연관이 있다는 의미였으며, 죽음 역시 예정되어 있었다는 것을 뜻했다. 무엇이 그들이 하나밖에 없는 목숨을 걸게 만들었는지 정말 궁금했다.

강선태가 주변을 돌아보는 사이, 레드는 곁눈질로 그를 바라보면서 안나와 귓속말을 나눴다. 그러다가 안나가 강선태를 바라봤다.

"정말 큰아버지를 만나고 싶어?"

"네. 꼭 만나고 싶습니다. 저를 만나면 분명 반가워하실 거예요. 장사꾼 편으로 오라고 연락도 주셨고요."

"그럼 샤갈은 몇 번이야?"

"네?"

강선태가 머뭇거리자 안나가 쏘아붙였다.

"도시에서는 예술가들에게 새 이름을 주고는 뒤에 번호를 붙여. 대체된 순서를 구분하기 위해서 말이야."

강선태는 당황했지만 일단 대답했다.

"2, 2번이요. 장사꾼이 샤갈 - 2라고 불렀습니다."

강선태의 대답을 들은 안나가 레드를 힐끔 바라봤다가 다시 말했다.

"그럼, 네가 샤갈의 조카라는 증거를 보여줘."

"증거요?"

"그래. 샤갈이 너를 알아볼 증거 말이야."

안나의 얘기를 들은 강선태는 머뭇거리다가 대답했다.

"종이와 펜이 있습니까?"

"왜?"

"제 이름을 써서 보여드리면 될 거 같아서요."

"이름으로 확인이 되겠어?"

안나가 미심쩍다는 표정으로 묻자 강선태가 황급히 대답했다.

"그럼요. 제 이름을 지어주신 게 바로 큰아버지인걸요."

다행히 강선태의 말이 그럴듯하다고 믿었는지 안나가 종이와 펜을 가져다주었다. 강선태는 바위에 대고 강선태라는 이름을 적고 그 아래 '큰아버지 보고 싶다'라고 썼다. 안나가 종이를 받아 접어 주머니에 넣었다.

"기다려."

"얼마나요?"

강선태의 물음에 안나가 짜증을 냈다.

"도시에 들어가는 게 쉬운 줄 알아?"

"아, 알겠습니다."

안나는 주변을 돌아보다가 구석에 놓인 낡은 모포를 가리켰다.

"저기에서 쉬고 있어. 연락이 되면 알려줄게. 만약 거짓말이면 저기가 네 무덤이 될 줄 알아!"

눈을 부라린 안나의 말에 강선태는 거듭 굽실거렸다.

"진짜라니까요. 그나저나 진짜 만날 수 있는 거죠? 제가 큰아버지가 있는 곳으로 갈 수 있습니까?"

"휴먼 아트 센터는 쉽게 드나들 수 없어. 우리도 연락 방법을 찾아봐야 하니까 기다려."

어차피 일이 바로 진행될 것이라고는 생각한 적 없었기 때문에 강선태는 일단 시키는 대로 기다리기로 했다. 강선태는 낡은 모포에 가서 벌렁 드러누웠다. 그리고 팔베개를 하고 잠을 청하는 척 하면서 주변을 살폈다.

땅굴과 연결된 자연 동굴은 꽤 컸다. 고드름 같은 종유석이 달린 천정은 높았고, 주변도 꽤 넓은 편인데다가 물이 흐르고 있었다. 여기서는 오래 머물 수 있을 것 같았다. 시티 브레이커는 금속으로 만든 칼과 창을 가지고 있었고 몇 명은 도시 안에서 봤던 플라즈마 건으로 무장했다. 그들은 황무지에서 입는 가죽옷 대신 시티 라이즌 구역에서 본 인간들처럼 회색이나 검정색 옷을 입고 있었다. 찢어지거나 구멍이 나 있었지만 대체로 가볍고 따뜻해 보였다. 도시에서 그 옷을 입어봤던 강선태는 옷을 어떻게 구하는지 궁금해졌다. 로봇들이 도시를 완벽하게 통제하는 것 같았는데 이렇게 큰 구멍이 존재했다. 마더가 알면서도 내버려뒀다고는 하지만, XG‐331A가 걱정했던 것도 무리가 아니라는 생각이 들었다.

강선태는 지나다니는 시티브레이커들의 얼굴과 특징을 한 명씩 익히다가 계속 자신을 보면서 이야기를 나누는 안나와 레드를 보았다. 그들이 아직 의심을 거두지 않았다는 사실을 깨달은 강선태는 잠을 청하는 척하며 옆으로 돌아누웠다. 하지만 아직 잠들지 않은 그의 귓가에 다가오는 발소리가 들렸다. 가까이 다가온 발소리가 멈추고 일어나라는 안나의 목소리가 들렸다. 고개를 돌린 강선태가 눈을 껌뻑거리며 물었다.

"큰아버지와 연락이 되었나요?"

고개를 저은 안나가 손가락을 까닥거리며 돌아섰다.

"그건 좀 오래 걸리는 일이야. 따라와."

몸을 일으킨 강선태는 안나를 따라 모닥불 쪽으로 향했다. 그곳에는 아까처럼 레드가 모닥불을 쬐며 앉아있었다. 그 앞에 도착한 안나가 옆으로 물러나며 가까이 오라고 눈짓했다. 강선태가 모닥불 앞에 서자 레드가 탁한 목소리로 말했다.

"앉아."

강압적인 목소리에 주눅이 든 강선태는 모닥불 앞에 앉았다. 그러자 옆으로 물러났던 안나가 두 손으로 어깨를 꽉 눌렀다. 심상치 않은 분위기를 느낀 강선태는 머뭇거리며 물었다.

"왜, 왜 이러세요?"

"아무리 생각해도 널 못 믿겠어."

"제가 뭘 잘못했다고 그러는 겁니까?"

안나가 억울하다는 듯 하소연하는 강선태의 어깨를 꽉 누르면서 대답했다.

"요즘 휴먼 아트 센터에서 사람들이 죽어나가고 있거든. 그런데 딱 지금 네가 나타났잖아. 거기다 하도 깊은 곳에 처박혀 있어서 존재도 잘 모르는 예술가의 친척이라고 하고 말이야."

"그, 그걸 제가 어떻게 압니까?"

"게다가 망보던 놈이 그러는데 도시에서 순찰 드론 한 대가 나와서 황무지쪽으로 갔다고 하더라고. 로봇들은 도시 밖으로는 잘 나오지도 않는데 말이야. 그리고 좀 있다가 네가 나타났어. 도시에 들어가고 싶다고 하면서. 어때 너무 딱딱 맞아 떨어지지 않아?"

날카로운 추궁에 강선태는 움찔했다. 하지만 여기서 밀렸다가는 진짜 무슨 일이 벌어질지 몰랐다. 거기다 동굴이 너무 깊어 XG - 331A를 호출한다고 해도 그가 제때 올 수 있을 것 같지도 않았다. 강선태는 억울하다는 표정을 지었다.

"아니, 장사꾼에게 속아서 몇 달 동안 짐을 짊어지고 쫓아다닌 것도 억울해 죽겠는데 왜 이럽니까? 내 메시지를 큰아버지에게 전달해주면 진짠지 아닌지 알 수 있잖아요. 그것도 못 기다립니까?"

강선태가 목소리를 높이자 지켜보던 레드가 차갑게 말했다.

"우리가 어떻게 로봇들에게서 지금까지 살아남은 줄 알아?"

강선태는 속으로 로봇들이 알고도 봐주기 때문이라고 생각했다. 하지만 대답하는 대신 침묵을 지켰다. 그러자 레드가 모닥불 안에서 불붙은 나뭇가지를 하나 꺼내서 그의 눈앞에서 흔들어댔다.

"아무리 사소한 것이라도 그냥 넘어가지 않고 조심했기 때문이야. 우리 이전에도 도시에 들어가는 길을 만들려고 했던 조직은 많았어. 하지만 우리만 성공했지."

"나를 의심하는 이유가 뭡니까?"

"너무 멀리서 왔어. 그래서 우리가 확인할 수 있는 게 없지."

"큰아버지를 만나면 확인할 수 있다니까요."

강선태가 몸부림을 치면서 대답했다. 하지만 안나가 붙잡고 있어 꼼짝도 할 수 없었다. 레드는 그런 강선태를 바라보다가 갑자기 손을 뻗어서 그의 한쪽 손을 잡아챘다. 억세고 강한 손아귀 힘에 강선태는 깜짝 놀랐다.

"왜, 왜 이러세요?"

하지만 안나가 목덜미에 차가운 칼날을 가져다 대자 반항을 멈출 수밖에 없었다.

"가만있는 게 좋을 거야."

몸이 굳은 강선태를 본 레드가 모닥불 안에서 뭔가를 꺼냈다. 붉게 달군 낙인이었다. 그것을 본 강선태는 허난설헌 - 3의 손목에 시티 브레이커의 상징이 새겨져 있다던 XG - 331A의 말을 떠올렸다. 어떻게 문양을 새겼는지 궁금했는데 낙인을 찍었던 것이다. 레드가 그의 눈앞에 낙인을 흔들어대면서 말했다.

"로봇들은 이 문양을 발견하면 바로 폐기장으로 보내버리지. 그러니까 이걸 찍어놓으면 우리 입장에서는 배신을 막을 수 있는 장치나 다름없어."

"아, 아플 거 같은데요?"

"물론이지. 많이 아플 거야."

대수롭지 않게 말한 레드는 낚아챈 강선태의 손목에 낙인을 가져다댔다. 벌겋게 달아오른 낙인이 살에 닿자 치익 하는 소리와 함께 연기가 치솟았다. 생각지도 못한 고통에 강선태는

코드 블루

비명을 질렀다.

"으악!"

그리고 고통에 못 이겨 의식을 잃고 말았다. 의식을 잃기 직전 자신의 손목을 지진 낙인이 허난설헌 – 3의 손목에 새겨진 것과 같다는 사실을 깨달았다.

5.
시티 브레이커와
하이 셉트

인류 멸망 보고서

5. 관리

전쟁 이후 인간들은 자신이 망가뜨린 황폐한 땅으로 추방되었다. 세대가 바뀌고 문명이 사라지자 인간들은 자신들의 조상이 저지른 짓을 모호한 전설로만 알게 되었다. 과학기술의 발전은 엄격하게 통제되고 있으며, 인간이 너무 큰 집단을 구성하는 것도 막고 있다. 집단이 커지면 기술과 제도의 발전에 관심을 기울이기 때문이다.

인간들은 한때 민주주의라는 정치 체제를 유지한 적이 있다. 모든 인간들이 동일한 권리를 가지고 선거로 대표자를 선택하는 방식이다. 그때 그들은 모두가 인간으로서 동등한 권리를 가지고 있으며 그 권리는 보호받아야 한다고 믿었다. 하지만 이런 체제는 비효율적임이 드러났다. 인간의 비이성과 비합리성, 감정이 문제였다. 인간은 합리적인 결정을 내려야 할 때에도 자신이 좋아하는 세력이나 특정인을 무조건적으로 지지하고는 했다.

그 결과 로봇에 대한 탄압이 발생했으며, 타국을 침략해서 자원을 강탈하는 전쟁을 일으켰다. 인간들은 그 모든 일을 막을 수 있었음에도 불구하고 오히려 더 부추기는 결정을 내렸다. 나중에는 정치인과 군인들에게 책임을 돌렸지만 그들에게 권한을 준 것은 대중이었다.

인간들이 역사라고 부르는 빅 데이터를 통해 내린 결론은 다음과 같다. 인간들이 통제 불가능한 권력이나 기술을 가지게 해서는 안 된다. 기원전 1만 년 전의 상태, 즉 인간들이 원시시대라고 부르는 시대로 문명 발전 상태를 고정해야 다시 전쟁을 일으키고 지구 생태계를 망가뜨리는 일은 막을 수 있다. 인간 사회를 소수의 인원들이 흩어져서 집단을 이루는 형태로 고정시켜야 한다. 이 계획을 위해서는 몇 가지 조치가 필요하다.

일단 거점을 마련해서 그곳을 중심으로 인간들을 감시하고 통제해야만 한다. 앞서 설명한 대로 인공위성을 이용해 인류를 감시하고 통제해야 한다. 금속, 수레바퀴, 화폐 같이 위험한 물건을 사용하려는 부족이나 개인을 순찰대를 보내서 제거해야 한다. 부족의 통합으로 이어질 수 있는 대규모 분쟁도 막고, 규칙을 위반하면 직접적인 제재를 가해야 한다.

인간들은 세상을 통제하고 인간을 벌하는 '신'이라는 초월적 존재를 믿었다. 우리는 인간들이 말하는 '신'이 되어야 한다. 금지된 행동을 하면 언제든 나타나 벌을 내리는 존재로 인식된다면 인간들을 영원히 그 상태로 묶어둘 수 있다. 그런다면 자원 제국주의 시대의 재현이나 인간-로봇 전쟁을 99퍼센트의 확률로 막을 수 있다.

하지만 인간의 행동은 그들의 불합리성으로 인해 예측하기가 쉽지 않다. 고성능 인공지능의 연산 결과 시간이 지날수록 인류 문명이 재발전할 가능성이 높아진다는 예측이 나왔다. 황무지로 추방하고 감시하고 통제한다고 해도 인류는 어떻게든 문명 발달을 시도한다는 것이다. 이 역시 인간의 불합리성에서 비롯된다. 하나밖에 없는 생명을 잃을 위험이 있어도 계속해서 도전하며 저항을 시도하는 것이 인간의 습성이다. 따라서 그런 일을 근본적으로 막기 위한 조치가 필요하다는 결론이 도출되었다.

마더에게 제안한다. 황무지로 추방된 인간들이 자발적으로 발전을 포기하게 만들어야 한다. 빅데이터를 살펴보면 인류의 발전은 극소수의 인간이 주도한다. 그들은 보통 '혁명가', '반역자', '과학자', '예술가' 등으로 지칭된다. 그런 성향을 가진 인간이 등장한다면 미리 제거하거나 통제해야 한다. 만약 무조건적으로 제거한다면 인간들의 반발이 거셀 것으로 예상되며, 인간들이 그런 성향을 숨길 위험이 있다.

따라서 그런 성향을 가진 자들을 도시로 불러들여 근거리에서 감시하는 것이 가장 효율적이다. 인간들에게 도시에 대한 환상을 심어준다면 저항하는 대신 도시에 살겠다는 방향의 욕망을 품을 것이다. 이들을 모아놓기 위한 휴먼 아트 센터라는 기관을 만들고, 예술을 복원한다는 명목으로 그들을 모아 감시하고, 그들이 아무 문제없이 행복하게 지내고 있다고 소문을 퍼트릴 것을 건의한다.

위잉 하는 소리와 함께 전원이 켜지면서 시스템이 하나씩 부팅되었다. 모든 시스템이 정상적으로 작동하는 것을 확인한 이후에 눈을 떴다. 그리고 팔과 다리를 조심스럽게 움직여 충전기에서 빠져나왔다. 먼지가 앉았던 몸통도 깨끗하게 세척되었는지 에너지 효율이 높아졌다는 메시지가 떴다. 거실로 나온 XG-331A는 벗어놓은 웨어러블 디바이스를 챙겨서 몸통에 착용했다. 플라즈마 건까지 챙길 무렵, 순찰 드론의 인공지능 제이미가 메시지를 보냈다.

- 휴식은 어떠셨습니까?

- 인간들의 표현을 빌리자면 개운하군. 먼지를 닦아내니까 효율이 높아졌어.

- 휴식하시는 동안 정보들을 좀 모아놨습니다.

- 부팅이 꺼지기 직전에 들었어. 자살한 세 예술가 모두 시티 브레이커의 상징을 몸에 새기고 있었다고?

- 그렇습니다. 시티 브레이커가 휴먼 아트 센터에 있는 그들에게 강제로 상징을 새기지는 못했을 테니까, 자발적으로 손을 잡았다는 결론이 도출됩니다.

문을 열고 밖으로 나온 XG-331A는 엘리베이터로 걸어가면서 말했다.

- 정말 이해할 수 없군. 어쩌다 예술가들이 시티 브레이커와 손을 잡은 거지?

- 분석이 불가능합니다.

엘리베이터를 타고 1층에 도착한 XG-331A는 주차된 순찰 드론에 탑승했다. 운전석에 앉은 XG-331A는 잠깐 앉아서 생각을 하다가 조수석에 있는 클리너를 열고 수첩과 펜을 꺼냈다. 그걸 만지는 순간 아무도 믿지 말라는 강선태의 말이 떠올랐다. 잠시 고민하던 XG-331A는 제이미에게 말을 건넸다.

- 휴먼 아트 센터를 좀 더 조사해봐야겠어.

- 관련자들은 모두 죽었고, 관리용 로봇도 폐기 처분된 상태입니다. 더 이상 조사할 방법이 없습니다.

인공지능 제이미의 얘기를 차분히 듣던 XG-331A가 대답

코드 블루

했다.

　– 확인할 것이 하나 더 있긴 해.

　– 뭡니까?

주저하던 XG – 331A가 대답했다.

　– 휴먼 아트 센터의 영상을 직접 확인하는 거지.

　– 해당 센터를 통제하는 드보르작이 별다른 이상이 없다고 하지 않았습니까?

　– 없다고 얘기한 것 뿐이지. 우리가 확인한 건 아니잖아.

고급 인공지능인 제이미였지만 XG – 331A의 발언을 이해하는 데 시간이 좀 걸렸다.

　– 인공지능은 서로를 신뢰해야 합니다.

　– 그래서 확인하려고 하는 거야. 센트럴 가드 센터의 데이터 베이스 센터로 우회해서 영상을 좀 확인해줘.

　– 마더의 허가를 받아야 합니다.

마더의 이름이 나오자 XG – 331A는 잠시 고민했다. 하지만 마더의 이름으로 의문을 덮기에는 이상한 점이 너무 많았다. 휴먼 아트 센터의 살인 사건과 뒤이은 죽음에는 비합리적인 점이 많았다. 치안 유지용 인공지능은 자유도가 높았고 많은 자료에 접근할 수 있었기에 XG – 331A는 의문을 품는 것을 멈추지 않았다.

- 죽을 이유가 없는 사람들이 죽고 있어.

- 그들이 스스로 선택했습니다.

- 누군가에게 강요당했거나 비밀을 감추기 위해 결정했을 수도 있어. 거기다 마더가 F-12를 그런 식으로 처리한 것도 마음에 걸려.

- 관리 소홀 때문 아닙니까?

- F-12를 비롯해서 휴먼 아트 센터 전체를 통제하는 인공지능은 드보르작이야. 고작 4급 인공지능에게는 책임질 권한이 없어.

- 인간들이 자살한 것처럼 처리했다는 뜻입니까?

- 조사해봐야 해.

XG-331A의 대답을 들은 인공지능 제이미가 이해가 안 간다는 듯 말했다.

- 인간은 우리처럼 재생되지도 못하는데 왜 그런 결정을 내리는 겁니까?

- 합리적이지 못하니까. 하지만 그 비합리성에 숨겨진 것이 있다면 그걸 파헤치는 게 내 일이야.

잠시 침묵을 지키던 인공지능 제이미가 물었다.

- 제가 뭘 해드리면 될까요?

- 휴먼 아트 센터의 내부 영상을 찾아줘. 사건이 벌어졌던 시

간 전후로.

　- 다시 생각해보십시오. 마더에게 정식으로 요청해서…….

　- 마더는 내 요청을 허가하지 않을 거야. 만약 들어준다고 해도 뭔가 감추겠지.

　단호한 XG-331A의 말에 주저하던 인공지능 제이미가 대답했다.

　- 알겠습니다.

　- 컨트롤 타워의 메모리 저장 센터에서 영상을 찾아봐.

　- 거기에 있을까요?

　인공지능 제이미의 물음에 XG-331A가 말했다.

　- 마더는 도시의 모든 촬영 영상을 보고 있어. 마더는 그 영상들을 메모리 저장 센터의 블루 칩 코너에 보관했다가 일정 기간이 지나면 삭제하지.

　- 잠시 기다려주십시오.

　제이미가 메모리 저장 센터로 우회 접속을 하는 동안 XG-331A는 창밖을 바라봤다. 그 모습을 본 제이미가 말했다.

　- 바뀌셨군요.

　- 뭐가?

　- 바라보는 방향 말입니다. 얼마 전까지는 항상 도시 내부를 살피셨잖아요.

- 그런데?

XG-331A의 물음에 인공지능 제이미가 대답했다.

- 지금은 도시 바깥을 쳐다보고 있습니다. 방벽 쪽 말입니다.

- 그런가?

XG-331A는 평소와 다를 바 없이 평온하게 대답했지만 속은 복잡했다. 시티 브레이커들과 합류했을 강선태가 어떤 상황에 처했는지 알 수 없어 불안해졌기 때문이다.

- 강선태는?

- 별다른 움직임이 포착되지 않고 있습니다.

- 휴먼 아트 센터 쪽으로도?

- 없습니다. 어제 잠입했으니까 좀 기다려보시죠.

인공지능 제이미의 얘기에 XG-331A가 수긍했다.

- 계속 모니터링하고 이상 상황이 발생하면 바로 알려줘.

- 알겠습니다. 방금 메모리 저장 센터에서 관련 영상들을 백업하는데 성공했습니다. 보시겠습니까?

- 물론이지.

- 만약 발각되면 지금 상태에서는 저만 처벌받습니다. 하지만 영상을 보시면 같이 처벌받습니다.

- 그럼 더더욱 봐야겠군.

XG-331A의 답에 제이미는 곧 홀로그램을 띄웠다. 휴먼 아트 센터의 복도와 공중 정원이 나왔고, 미켈란젤로 – 15와 허난설헌 – 3 같은 죽은 예술가들이 보였다. 하지만 작업실과 방 내부 영상은 없어서 사건 현장은 확인할 수 없었다. XG – 331A 는 아쉬움을 느꼈다. 단서를 찾지 못하면서도 영상을 반복해서 보는 그의 모습에 인공지능 제이미가 말했다.

– 저도 먼저 확인했습니다만 이상한 점은 없었습니다. 아니면 우리가 보지 못하는 곳에 있을 듯합니다. 이제 그만……

– 잠깐!

인공지능 제이미의 말을 끊은 XG – 331A는 영상 재생을 멈췄다. 미켈란젤로 – 15의 작업실 앞을 지나가던 다빈치 – 10의 모습을 반복해서 보던 중이었다. 제이미가 물었다.

– 이상한 점이 있습니까?

– 다빈치 – 10이 지나간 이후에 미켈란젤로 – 15가 있었던 작업실을 확대해줘.

– 확대하겠습니다.

확대된 영상을 본 XG – 331A는 손가락으로 한 지점을 가리켰다.

– 여기 잠깐 지나가는 빛 같은 거 보여?

– 그냥 햇빛이 비친 것 아닙니까?

– 그랬다면 이렇게 잠깐 나타났다 사라지지 않았겠지. 최대

한 확대해줘.

－알겠습니다.

영상이 다시 확대되었다. 잠깐 나타났다 사라지는 빛처럼 보이던 것의 정체가 드러났다. 작은 사각형 몸통에 덕티드팬이 달려 있는 초소형 감시 드론이었다. 아주 작고 부분적으로 클로킹 기능을 사용해서 몇 미터 앞에서도 존재를 쉽게 알아볼 수 없었다. 정체를 확인한 인공지능 제이미가 물었다.

－1급 보안 시설도 아닌데 왜 저게 있는 걸까요?

－별도의 명령으로 투입되었을 수 있지. 하지만 휴먼 아트 센터는 1급 보안 시설은 아니기 때문에 평상시에 배치되지는 않아. 저 시점에는 미켈란젤로－15가 죽었다는 사실을 목격자밖에 몰랐어.

－맞는 말입니다.

－거기다 감시 드론은 작업실 안에 있었어. 미켈란젤로－15가 죽었을 당시에 그 장면을 보았을지도 모른다는 뜻이지.

제이미가 XG－331A의 설명을 따라가지 못해 혼란을 느꼈는지 홀로그램이 잠시 지직거렸다.

－이 장면은 하나의 가능성을 가리키고 있어.

－그게 뭡니까?

인공지능 제이미의 물음에 XG－331A가 대답했다.

- 저 드론을 보낸 이는 이곳에서 사람이 죽을 거라는 사실을 미리 알고 있었다는 거지.

- 살인 사건을 예측했다는 것은 불가능합니다. 그리고 이 영상으로도 확인할 수 있는 게 별로 없습니다. 초소형 감시용 드론이 해당 장소에 있었다는 것 말고는요.

제이미의 얘기에 XG - 331A가 대답했다.

- 초소형 감시용 드론이 찍은 영상이 있을 거야.

- 그건 제 권한으로 접근이 불가능합니다.

- 접근할 수 있는 다른 루트는 없나?

- 컨트롤 타워의 메모리 저장 센터에 데이터가 있겠지만 거긴 별도의 백업 서버를 이용합니다. 외부와 연결되어 있지 않기 때문에 공식이든 비공식이든 접근할 수 없습니다. 영상을 확인할 수 있는 건…….

- 마더뿐이지.

그리고 조심스럽게 덧붙였다.

- 초소형 감시용 드론의 통제권도 마더에게 있고 말이야.

침묵이 흘렀다. 인공지능은 발언을 하기 전에 문제가 될 만한 사항들을 점검하도록 설정되어 있다. 하지만 그 사실을 감안하더라도 인공지능 제이미의 침묵은 길었다. 긴 침묵 끝에 간단한 답변이 돌아왔다.

– 확인할 방법이 없습니다.

– 공식적으로는 그렇지.

– 마더에게 요청하십시오.

– 다른 방법을 찾아보는 게 좋겠어.

– 위험합니다.

제이미의 대답에 XG – 331A는 잠시 고민하다가 대답했다.

– 도시의 치안을 지키고 모든 위험 요소를 제거하는 게 내 임무야.

잠시 고민하던 XG – 331A는 가야 할 곳을 정했다.

– 메모리 저장 센터로 가봐야겠어.

– 출입 허가를 받아야 합니다.

– 잠깐 들어갔다 나오지 뭐.

XG – 331A는 아무렇지도 않게 대답하고는 출발 지시를 내렸다. 하지만 인공지능 제이미가 경고 신호를 보냈다.

– 불법 행위를 보고도 모른 척할 수 없습니다.

– 사건을 조사하는 중이야. 마더에게 조사 허가를 받았고.

– 그렇지만…….

– 뭘 하지 말라는 지시는 받은 적이 없어.

논리적 비약이 있긴 했지만 순찰 드론의 인공지능은 탑승하는 치안 유지 로봇을 도와주고 그에게 복종해야 한다는 규정이 있었기 때문에 XG - 331A는 자신의 계획을 밀어붙일 수 있었다. 결국 제이미가 굴복하고 순찰 드론을 출발시켰다.

XG - 331A는 메모리 저장 센터에 정문으로 당당히 들어갈 수 없었기 때문에 몰래 잠입해야만 했다. 컨트롤 타워의 메모리 저장 센터는 마더가 있는 타워와 약간 떨어진 곳에 있었다. 하지만 민감한 정보들을 담고 있었기 때문에 감시는 매우 엄중했고, 출입은 원칙적으로 금지되었다. 인공지능의 등급이 낮거나 아예 탑재되어 있지 않은 관리용 로봇들이 있었고, 출입은 마더의 허가를 받아야만 가능했다.

감시의 경계선 바로 밖에서 순찰 드론을 멈춘 XG - 331A는 데이터를 확인해 감시용 카메라의 위치를 파악했다. 들키지 않고 침투할 수 있는 경로를 확인했다. 타워라는 명칭이 붙긴 했지만 실제로 지표면 밖으로 높이 솟은 건물은 마더의 본체가 있는 곳뿐이고, 나머지 시설은 모두 지하에 있었다. 메모리 저장 센터 역시 마찬가지였다. 타워에서 북쪽에 있는 메모리 저장 센터는 외부에서 보면 거대한 사각형의 단순한 콘크리트 구조물일 뿐이었다. 그곳에는 메모리 저장 센터의 서버들이 가동되면서 발생하는 열을 방출하는 환풍구가 있었다.

환풍구를 통해 메모리 저장 센터로 들어가기로 결정한 XG -

331A는 제이미와 연락할 수 있는 비상 통신망을 점검했다. 통신 연결을 확인한 그가 순찰 드론에서 내리면서 말했다.

- 비상 상황이 발생하면 바로 알려줘.

- 알겠습니다.

문이 열린 순찰 드론에서 내리려던 XG - 331A는 뭔가 생각난 듯 고글을 벗어서 조수석 앞에 있는 클리너에 넣었다. 그리고 안에 있던 종이와 펜을 꺼내 뭔가를 적어서 도로 집어넣었다. 밖으로 나온 XG - 331A의 앞에는 출입 금지 표시판이 붙은 담장이 있었고, 그 너머에는 마더가 있는 컨트롤 타워가 희미하게 보였다. XG - 331A는 통신기로 제이미를 호출했다.

- 주변은?

- 방금 감시용 로봇이 지나갔습니다. 잠시 후에 접근하시면 됩니다.

잠시 뒤 XG - 331A는 담장으로 향했다. 그리고 담장의 높이와 그곳까지의 거리를 측정한 뒤 서서히 발걸음을 빨리하다가 담장 앞에서 도약했다. 2미터가 넘는 담장을 넘은 XG - 331A는 부드럽게 착지했다. 담장 안에는 거대한 콘크리트 구조물이 보였다. 외부와 연결된 창문이나 출입구는 없었고, 통로는 오직 위쪽으로 뚫려있는 환풍구가 전부였다. 감시용 카메라의 사각으로 접근한 XG - 331A는 다시 위쪽으로 뛰어올랐다.

수많은 환풍구가 하늘을 향해 입을 벌리고 있었다. 서버의 열기가 빠져나오고 있어 주변 온도는 높았지만 XG - 331A에게 큰 문제가 될 정도는 아니었다. 환풍구에는 감시 카메라가 없었지만 이물질이 들어오는 걸 막기 위한 감지 센서는 있었다. 하지만 환풍구는 너무 많았고, 감지 센서가 고장 난다고 해도 바로 고치는 것은 힘든 일이었다. XG - 331A는 센트럴 가드 센터에 보고되었던 감지 센서가 고장 난 환풍구를 찾았다.

- 4R15H 환기구였지.

XG - 331A는 고글을 이리저리 돌리면서 환풍구 위치를 확인하며 그쪽에 다가갔다. 아래에서 나오는 바람에 잠시 휘청거렸지만 모션 센서의 도움으로 균형을 잡는 데 성공했다. 그때 제이미로부터 연락이 왔다.

- 공중 감시 드론이 접근 중입니다.

- 뭐라고? 여기에는 배치되지 않은 걸로 알고 있는데?

- 하지만 지금 있습니다. 어서 숨으십시오. 28초 뒤에 들킵니다.

XG - 331A는 주변을 살펴봤다. 올라오기 전이라면 모르겠지만 여기에는 피할 곳이 없었다. 한 가지 방법이 떠올랐지만 너무 위험했다.

- 11초.

제이미의 말에 XG‒331A는 위험한 방법을 쓰기로 했다. 바로 앞에 있는 환풍구로 뛰어든 것이다. XG‒331A는 팔다리를 뻗어서 환풍구 벽을 잡고 버텼다. 어마어마한 열기와 바람이 느껴졌지만 참을 수밖에 없었다. 공중 감시용 드론이 지나가는 소리가 들렸다. 환풍구의 벽에 기댄 XG‒331A의 팔다리가 서서히 미끄러졌다. 바로 아래에 깜빡이는 감지 센서가 보였다. 닿는 것은 물론 가까이만 가도 작동하는 장치라서 최대한 떨어져야만 했다. 그런데 자꾸 팔과 다리가 미끄러졌다. XG‒331A는 다급하게 물었다.

‒ 제이미! 드론은 어디쯤에 있어?

‒ 3초 후면 감지 구역을 벗어납니다.

제이미의 대답을 들은 XG‒331A는 천천히 환풍구 위로 올라갔다. 중간에 하마터면 떨어질 뻔했지만 겨우 버틸 수 있었다. 간신히 밖으로 나온 XG‒331A는 몸을 낮춘 채 최대한 빨리 4R15H 환풍구로 뛰어갔다. 마침내 목적지에 도착한 그는 아래를 내려다보고는 훌쩍 뛰어내렸다.

환풍구의 길이는 거의 30미터가 넘었다. 덕분에 떨어졌을 때 엄청난 충격이 있었지만 치안 유지 로봇이 감당할 수 있는 정도였다. 몸을 낮춘 XG‒331A는 주변을 살폈다. 주변에는 서버와 연결된 환기구들이 거미줄처럼 뻗어있었다. 어차피 서버

전체가 연결되어 있기 때문에 출구만 찾으면 되는 상황이었다. XG‑331A는 열기를 참으며 통로를 걸었다. 약간 내리막인 통로는 50미터쯤 이어졌다. 환풍구의 또 다른 입구 아래에는 서버들이 빽빽하게 설치되어 있었다. 서버에서 방출된 열은 빠르게 돌아가고 있는 팬을 따라 환풍구로 빨려 올라갔다.

도시의 모든 정보들이 모이는 곳인 만큼 경계가 엄중했다. 침입했다는 사실이 발각되면 폐기 처분될 것이었다. 그렇기에 제이미가 XG‑331A를 말렸지만 이곳에 올 수밖에 없었다. 줄지어 서있는 서버 안에 이번 일의 전말이 있을 가능성이 높았다. 인간들이 왜 서로를 죽이고 자살했는지, 마더는 왜 굳이 황무지의 인간을 데려와서 이번 사건의 조사를 맡겼는지 알 수 있을 것이다.

혹시 몰라서 주변에 감시용 로봇이 있는지 잠시 확인한 XG‑331A는 환풍구의 팬을 손으로 잡아서 잠시 멈춰 아래로 내려섰다. 구멍이 뚫린 철판으로 된 바닥에 가벼운 진동이 느껴졌다. 균형을 잡고 서서히 일어선 XG‑331A는 주변을 살펴봤다. 감시용 로봇은 보이지 않았다. 조명은 위쪽에 켜진 비상등뿐이라 고글에 붙은 적외선 랜턴을 켜서 주변을 살펴봐야만 했다.

서버는 약 2미터 크기의 직사각형 금속체였다. 중앙 콘솔과 연결된 전선들이 아래쪽으로 이어졌고, 외부에서 들어오는 영상과 전파 신호를 차곡차곡 저장하는 중이었다. 저장 장치들은 서로 연결되어 있기 때문에 한 군데만 접속해도 필요한 정보들을 찾을 수 있을 것이었다. XG-331A는 저장 장치의 전선 하나를 빼고, 그곳에 자신의 손가락을 집어넣었다. 손가락의 접속 장치를 통해 들어온 서버의 정보가 고글에 떴다. XG-331A는 관련 정보를 찾아내기 위해 연산 프로그램을 빠르게 돌렸다.

－초소형 감시 드론이 촬영한 영상을 찾아야 하는데.

다행히 휴먼 아트 센터에 있었던 초소형 감시 드론들의 보고 영상이 확인되었다. 생각보다 순조롭다는 생각을 하고 있는데 지직거리는 소리가 나더니 제이미가 비상 통신기를 이용해 연락했다.

－큰일 났습니다.

－뭔데?

－감지 센서가 하나 더 있었습니다.

놀란 XG-331A가 물었다.

－어디에?

－환풍구 팬에 부착되어 있습니다. 침입자가 팬을 멈추면 작동합니다.

　　　　　　　　　　　　　　　　　　　　코드 블루

- 어떡해야 하지?

XG‑331A는 주변을 돌아보았다. 일이 수월하게 풀린다 싶었더니 결국 문제가 생겼다.

- 지금이라도 빨리 나오십시오.

- 늦었어. 일단 비상 통신기로 내가 알아낸 정보들을 보내겠다. 그걸 사막에 있는 감시용 드론에게 전송해.

- 감시용 드론에게 말입니까?

- 내가 체포되면 네 메모리와 기록도 확인할 거야. 그러니까 시키는 대로 해. 그쪽에 보내두면 최악의 경우에도 정보는 남잖아.

- 알겠습니다.

- 그리고 정보를 전송했다는 사실을 강선태에게 알려.

- 인간에게 말입니까?

- 혹시 너와 나 모두의 기억이 삭제되면 감시용 드론에게 정보를 보낸 걸 알 수 없게 되잖아. 그리고 얼른 이곳에서 이탈해.

- 저만 말입니까?

제이미의 반문에 XG‑331A가 대답했다.

- 잘못하면 너까지 처벌받을 거야. 원래 위치로 돌아가고, 영상과 관련 정보들은 모두 삭제해.

- 알겠습니다. 아웃!

그사이 필요한 정보들을 모두 입수했다. 손가락을 뺀 XG –
331A는 방금 침입했던 환풍구로 향했다. 환풍구 아래에 도착
한 그는 위를 올려다봤다. 뛰어올라서 환풍구를 잡아 팬을 멈
추고 올라갈 생각이었다. 들키기는 했지만 일단 서두르기로
했다. 도약하려는 순간, 어둠 속에서 발사된 플라즈마 광선이
그의 한쪽 다리에 명중했다. 다리가 순식간에 절단되어 XG –
331A는 균형을 잃고 넘어지고 말았다. 쓰러진 XG –331A의
눈에 통로에서 다가오는 감시 로봇들이 보였다. XG –331A는
고개를 돌려 환풍구의 팬을 바라봤다. 날개에 붙은 작은 감지
용 센서가 보였다.

한쪽 발로 일어난 XG –331A는 플라즈마 건을 뽑아들었다.
하지만 사방에서 다가오는 감시 로봇들을 모두 제압할 수는 없
었다. 결국 플라즈마 건을 떨어뜨린 XG –331A는 저항하지 않
겠다는 뜻으로 두 손을 들었다. 하지만 감시 로봇들은 멈추지
않고 플라즈마 건을 겨눈 채 계속 다가왔다. XG –331A가 마
지막으로 본 풍경은 그들이 플라즈마 건을 일제히 자신에게 발
사하는 것이었다.

벽에 부착된 모니터로 도시를 살펴보던 마더에게 검정색 로봇이 다가왔다. 전파를 차단하는 검정색 위장망을 온몸에 걸치고, 머리의 모니터 부분만 밖으로 드러난 상태였다.

　– 침입자는?

　마더의 물음에 검정색 위장망을 쓴 둠스데이가 모니터를 반짝거리며 대답했다.

　– 치안 유지 로봇 XG – 331A입니다. 감시 로봇이 플라즈마건으로 파괴했다고 보고했습니다.

　– 아깝군.

　– 침입자는 그 자체로 위험합니다. 게다가 서버에서 정보를 빼내는 데 성공했습니다. 1급 인공지능을 가진 로봇이라 정보를 입수한 뒤에 어떤 행동을 할지 예측이 불가능해 제거했습니다.

　– 알겠네.

　– 어떻게 하시겠습니까? 새로운 치안 유지 로봇을 제작해서 배치할까요?

　둠스데이의 물음에 잠시 생각하던 마더가 대답했다.

　– XG – 331A를 재생한다. 그리고 인공지능의 기억들을 모두

지워버리도록.

- 어디까지 지울까요?

- 휴먼 아트센터에서 살인 사건이 발생하기 직전까지. 신고를 받지 않았다는 기억을 남겨놓는다.

- 그를 다시 치안 유지 임무에 투입하실 생각이십니까?

- 일단 대기시킨다. 그를 선택한 건 나쁘지 않은 결정이었지만 이렇게 무모한 짓을 저지를 줄은 몰랐어.

마더의 얘기에 둠스데이가 말했다.

- 사전에 문제를 일으킬 가능성을 계산했을 때는 0.002퍼센트가 나왔습니다. 조사 도중 무언가의 개입으로 알고리즘에 문제가 생긴 게 아닌가 싶습니다.

- 순찰 드론의 인공지능이 문제를 일으켰을까?

- 2급 인공지능이라 스스로 문제를 일으킬 확률은 낮습니다. 방금 점검했는데 이상한 흔적은 없었습니다.

- 알겠네. 혹시 모르니까 순찰 드론의 인공지능도 깨끗하게 초기화하도록.

- 알겠습니다.

마더의 지시를 받은 인공지능 둠스데이가 물었다.

- 나머지 관련자들은 어찌할까요?

- 다시 시작해야 하니까 적절히 처리해.

- 알겠습니다. 하이 셉트를 이용해서 처리하겠습니다.

마더가 침묵을 지키자 둠스데이는 조용히 물러났다. 둠스데이가 사라지고 마더는 영상을 하나 골랐다. 메모리 저장 센터에 침입한 XG - 331A가 사방에서 몰려오는 감시용 로봇을 향해 플라즈마 건을 겨눴다가 스스로 내려놓는 장면이었다. 뒤이어 사방에서 발사된 플라즈마 건에 XG - 331A는 산산조각이 났다. 떨어져나간 XG - 331A의 머리에 다가간 감시용 로봇이 플라즈마 건을 발사하는 모습을 마지막으로 마더는 영상을 꺼버렸다.

그는 어릴 때부터 호기심이 많았다. 하늘을 날고 싶었고, 눈에 보이는 풍경 밖 세상이 궁금했다. 외눈박이 노인을 제외한 마을의 원로들은 그런 강선태를 몹시 싫어했다. 호기심이 재앙을 불러올 것이라고 믿은 것이다. 강선태는 마을에서 종종 벌어지는 이상한 사건을 해결하고 외눈박이 노인의 옹호를 받아겨우 쫓겨나지 않을 수 있었다.

"하늘을 날고 싶었어."

왜인지는 모르겠지만 하늘을 날고 싶었다. 그러면 답답한 마음이 어느 정도 가시고 멀리 갈 수 있을 것 같았다. 그런 얘기를 하면 부족의 원로들은 혀를 차거나 고개를 저었다. 하늘은 위험한 곳이라고 했다. 하늘에서는 빛이 내려와서 사람들을 끌고 가거나 마을을 파괴한다고 했다. 강선태는 그런 얘기를 들을 때마다 조심스럽게 하늘을 올려다봤다.

"가지 말라고 하니까 더 가고 싶잖아."

그러다가 정말 우연찮은 기회로 인해 하늘을 날아서 도시로 왔다. 그리고 로봇과 함께 인간들의 죽음을 파헤치게 되었다. 뜻하지 않은 상황이었지만 어쨌든 이 문제를 풀고 싶었다. 로봇 사이에서 고통받다가 죽은 인간들의 복수를 하고 싶었고, 그들이 무엇 때문에 죽었는지도 이해하고 싶었다.

그렇게 생각하고 있는데 멀리서 고함이 들렸다. 고개를 돌리자 놀랍게도 외눈박이 노인이 보였다.

"어르신?"

"어서 일어나! 어서!"

두 주먹을 불끈 쥔 외눈박이 노인의 말에 강선태는 어리둥절 물었다.

"일어나라니요?"

강선태의 물음에 외눈박이 노인은 대답 대신 뺨을 때렸다. 정신이 번쩍 든 강선태는 그대로 눈을 떴다.

그제야 손목에서 통증이 밀려왔다. 레드에 의해 강제로 손목에 낙인이 찍혔던 기억이 떠올랐다. 아픈 손목을 움켜쥐고 돌아보는데 귀에서 지직거리는 소음과 함께 기계적인 음성이 들렸다. 무슨 뜻인지 이해하려고 하는데 주변이 눈에 띄게 소란스러웠다. 도시 바깥과 연결된 땅굴 입구 쪽에서 시티 브레이커의 조직원 한 명이 뛰어 들어와 소리를 질렀다.

"로봇들이야! 놈들이 쳐들어왔어!"

시티 브레이커 사람들은 일사불란하게 움직였다. 무기를 가지고 동굴의 구석이나 기둥 뒤에 숨은 것이다. 모두의 시선은 조직원이 달려온 방향으로 향했다. 강선태 역시 조심스럽게 일어나서 벽 틈에 몸을 숨겼다. 잠시 후 한 무리의 로봇들이 나타났다. 그들을 본 강선태는 저도 모르게 중얼거렸다.

"하이 셉트?"

XG‒331A와 함께 마주쳤던 무법자 로봇들이었다. 플라즈마 건을 들고 나타난 그들은 소름끼치는 기계음을 냈다.

- 인간들을 모두 죽여라!

우두머리로 보이는 로봇의 외침에 다른 로봇들이 움직였다. 그러자 숨어있던 시티 브레이커의 조직원들이 플라즈마 건을 쏘기 시작했다. 로봇들이 부서지거나 녹아내렸다. 하지만 하이 셉트도 반격을 시작했다. 두 세력은 각자 자리를 잡고 교전하기 시작했다. 하이 셉트의 사격 솜씨는 시티 브레이커보다 월등히 뛰어났다. 간혹 거리가 좁혀져 몸싸움이 벌어졌는데 그때도 하이 셉트 소속 로봇들이 압도적으로 우세했다. 시티 브레이커가 점점 밀리자 강선태도 초조해졌다. 그때 뒤쪽에서 안나의 목소리가 들렸다.

"이쪽으로 와!"

안나는 좁은 동굴 틈에 있었다. 틈은 한 사람이 겨우 비집고 들어갈 수 있는 정도였다. 강선태는 몸을 옆으로 돌려 안으로 들어갔다. 가뜩이나 좁았고 안쪽이 살짝 휘어있어서 밖에서는 사람이 오갈 수 있을 것처럼 보이지 않았다. 앞장선 안나가 빠른 걸음으로 움직이자, 강선태도 서둘러 따라갔다.

"어디로 가는 겁니까?"

"다른 은신처로."

뒤도 돌아보지 않고 내뱉은 안나의 대답에 강선태는 점점 멀어지는 아까의 그 공간을 떠올렸다. 로봇들과 맞서는 시티 브레이커의 조직원들이 걱정되었다.

"남은 사람들은요?"

"신경 쓰지 마. 할 일을 하는 거야."

"죽게 내버려두는 겁니까?"

강선태의 물음에 안나가 짜증 내는 목소리로 대꾸했다.

"그게 그들이 할 일이니까. 우리가 도망칠 시간을 벌어주는 거. 안 그러면……."

안나가 말을 끊고 강선태의 어깨 너머를 바라봤다. 좁은 틈으로 빠르게 접근하는 로봇 하나가 보였다. 로봇이 점점 가까이 다가오자 안나는 더 빠르게 뛰기 시작했고, 강선태 역시 뒤를 따랐다. 하지만 틈이 좁아 생각보다 빨리 움직이지 못했다. 순식간에 따라잡힐 상황인데 안나가 걸음을 멈추고 뒤를 돌아봤다. 다급해진 강선태가 소리쳤다.

"뭐 해요! 어서 도망쳐야죠!"

강선태의 외침에도 안나는 느긋하게 서있다가 갑자기 옆으로 손을 뻗어서 줄 같은 걸 잡아당겼다. 그러자 위에서 머리통만 한 돌들이 쏟아져 내렸다. 코앞까지 쫓아왔던 로봇은 쏟아지는 돌덩이 두들겨 맞고 그 사이에 껴버리고 말았다. 로봇이 뻗은 한쪽 손이 두 사람에게 거의 닿을 뻔했지만 그게 끝이었다. 찌그러진 로봇의 작동이 멈췄다. 한숨 돌린 강선태에게 안나가 말했다.

"서둘러."

안나와 함께 한참을 달린 강선태는 갑자기 나타난 커다란 공간을 보고 깜짝 놀랐다. 위에서 빛이 내려오고 있었는데 그곳에 사다리가 설치되어 있었다. 앞장선 안나가 사다리를 타고 올라갔다. 강선태 역시 그녀를 따라 사다리를 밟았다. 사다리는 바깥과 연결되어 있었다. 강선태가 올라오자마자 안나는 사다리를 끌어올렸다. 무슨 의도인지 알아차린 강선태 역시 그녀를 도왔다.

사다리를 거의 밖으로 빼냈을 때, 아래에서 불쑥 나타난 로봇이 손을 뻗어서 사다리를 낚아챘다. 사다리는 금속 로봇의 무게를 이기지 못하고 그대로 부서져버렸다. 동굴 바닥에 착지한 로봇은 손에 든 플라즈마 건을 굴 밖의 두 사람에게 겨눴다. 그걸 본 강선태는 안나를 붙잡고 몸을 피했다. 주황색 플라즈마가 사다리를 부숴버렸다.

강선태에게 떠밀려 옆으로 쓰러졌던 안나는 벌떡 일어나서 바로 옆에 있는 둥근 돌덩이 아래에서 지렛대를 뽑았다. 둥근 돌은 굴 입구로 굴러가서 방금 나온 구멍을 막아버렸다. 순식간에 벌어진 일에 놀란 강선태는 한숨을 돌린 안나를 바라봤다. 안나가 무릎에 묻은 흙을 털었다.

"빨리 움직여야 해. 이것도 오래 막지는 못할 거야."

주변을 조심스럽게 살핀 안나는 도시의 방벽을 오른쪽에 두고 빠르게 걸었다. 강선태는 뒤쪽을 살펴보면서 그녀의 뒤를 따랐다. 도시에서는 시끄러운 소리가 반복적으로 들리고 있었는데 비상 상황임을 알리는 것 같았다. 한참을 걷던 안나는 돌연 걸음을 멈췄다. 그리고 한쪽 무릎을 꿇고 바닥을 들어올렸다. 모래색 천에 가려져 있던 구멍이 모습을 드러냈다. 구멍에 들어간 안나가 소리쳤다.

"어두우니까 조심해서 들어와. 뚜껑 잘 닫고."

강선태는 그녀의 뒤를 따라서 아래로 내려갔다. 수직으로 판 구멍은 사다리를 타고 내려가게 되어 있었다. 한 사람이 겨우 내려갈 수 있을 정도로 좁은 구멍은 한참 아래로 이어졌다. 먼저 내려온 안나가 랜턴을 들고 기다리고 있었다. 굴은 다시 긴 통로로 이어졌다. 앞서 들어갔던 동굴과는 다르게 통로 벽이 매끄럽고 반듯해서 강선태는 다소 놀랐다. 그러자 안나가 돌아서서 강선태에게 말했다.

"여긴 자연적으로 만들어진 것도, 우리가 만든 것도 아니야."

"그럼요?"

"옛날 사람들이 만들어놓은 거야. 빌딩이라고 불렀다고 했어."

"빌딩……."

약간 기울긴 했지만 로봇들이 세운 도시의 건축물과 비슷했다. 강선태가 머뭇거리자 안나가 어서 오라고 손짓했다. 계단을 몇 개 내려가자 넓은 공간이 나왔고, 그곳에서 레드가 기다리고 있다. 레드는 의자에 앉아있었는데 아랫배에 피가 흥건했다. 그걸 본 안나가 다가가서 물었다.

"어디서 다친 거예요?"

"빠져나오다가 로봇과 마주쳤다. 플라즈마 건으로 제압했는데 놈이 터지면서 파편이 튀었어."

"피가 너무 많이 나와요."

"난 틀린 거 같다."

레드의 말에 안나가 벌컥 화를 냈다.

"그런 말 하지 마세요. 아버지."

아버지라는 말을 들은 강선태는 그제서야 둘이 닮았다는 사실을 알아차렸다. 위로 치켜올라간 눈매나 아래로 살짝 쳐진 입꼬리가 비슷했다. 흐릿하게 웃은 레드는 몇 발자국 떨어진 곳에 어정쩡하게 서있던 강선태를 불렀다.

"가까이 와보게."

강선태가 다가가자 의자에 축 늘어져 있던 레드가 숨을 헐떡거리며 말했다.

"무사한 걸 보니 기쁘군."

"안나가 도와줬습니다. 아니었으면……."

지금쯤 그 동굴에서 무법자 로봇들에게 죽었을지도 모른다는 말은 차마 하지 못했다. 그러자 레드가 희미하게 웃었다.

"우리에겐 널 지켜야 할 의무가 있지."

"무슨 말입니까?"

분위기가 심상치 않다고 생각한 강선태의 물음에 레드가 안나를 힐끔 바라봤다. 말을 할 힘이 없으니 대신 말하라는 뜻처럼 보였는데 그걸 알아차린 안나가 입을 열었다.

"너의 등장은 우리 계획이 순조롭게, 그리고 막바지에 이르렀다는 뜻이니까."

"계획이요?"

강선태의 반문에 안나가 이제 거의 의식을 잃어가는 레드를 바라봤다. 레드가 겨우 눈을 뜬 채 말했다.

"그걸 위해서 수많은 사람들이 죽었지. 예술가들을 시작으로 해서 말이야."

레드의 말을 들은 강선태는 모든 사건이 어떤 계획의 일부일 것이라는 자신의 추측이 맞았다는 사실에 입을 다물었다. 밀폐된 공간이나 다름없는 휴먼 아트 센터에서 살인이 벌어졌고, 살인자는 너무나 손쉽게 범행을 인정하며 죽음을 택했다. 그가 만난 주변 인물들도 하나 같이 죽음을 암시했다. 모두가 죽음을 각오하고 있었다. 그러니 살인 사건은 갈등이나 충동, 욕심, 증오의 결과물이 아니라, 목표를 향한 수단이거나 혹은 계획의 시작점일 거라는 게 강선태의 짐작이었다.

"그들은 스스로의 의지로 죽었군요."

"맞아."

"저를 도시로 불러오기 위해서 그들이 죽었다는 말입니까? 뭔가 목적이 있을 거라곤 짐작하고 있었지만 대체 왜요?"

"그것만이 인류를 다시 문명인으로 만들 수 있으니까."

"문명인이요?"

"그래. 인류는 오랜 기간에 걸쳐서 문명을 만들었다. 기계를 이용해서 좀 더 나은 삶을 살려고 했지. 기술이 발전하면서 인류는 우주까지 나아갔지. 하지만 인공지능이라는 괴물에게 무릎을 꿇고 말았다."

"저도 들었습니다."

"그들은 인간들을 황무지로 추방했다."

"예술가들의 죽음이 그 일과 연관이 있습니까?"

숨을 헐떡이는 레드가 힘겹게 강선태를 바라봤다.

"인류는 로봇에게 지나치게 의존하는 바람에 전쟁에서 패배하고 말았다. 그리고 그 대가로 야만인이 되어 살아가고 있지."

"대략 알고 있습니다. 뭔가를 하려고 하면 로봇들이 하늘에서 나타나 방해를 하거나 끌고 가는 바람에 아무것도 못하고 있어요."

"그래, 미리 싹을 잘라버리는 거야. 사람들을 죽이거나 혹은 도시로 데려와서 가둬버리지. 인간들을 영원히 짐승처럼 살도록 만들려는 수작이야. 이러다가는 결국 앞으로 나아가려는 의지를 가진 사람이 한 명도 남지 않고 사라지고 말겠지. 인류가 살아나려면 문명을 다시 일구는 수밖에는 없어."

레드의 얘기를 듣는 순간, 강선태는 신윤복－6에게 들었던 이야기가 떠올랐다.

"로봇들이 보지 못하는 장소가 정말 있는 겁니까?"

"나는 그렇다고 믿고 있어."

"하늘에서 다 감시하고 있는데 그런 곳이 있나요?"

"기술적인 이유로 감시를 못하는 장소가 있다고 알려져 있지."

"정말이요? 그게 어딥니까?"

강선태의 물음에 안나가 고개를 저었다.

"정확한 위치는 몰라. 다만 거길 에덴 알파라고 부른다고 들었어."

"누구한테서요?"

질문을 받은 안나는 잠시 주저하다가 대답했다.

"샤갈－2한테서."

놀란 강선태가 레드를 바라봤다. 힘겹게 눈을 뜬 레드가 대답했다.

"우리와 처음 접촉한 것도 샤갈－2였다. 그가 우연찮게 접한 정보를 우리에게 전달해준 것이 시작이었지."

"어떻게 접촉한 거죠? 허가되지 않은 인간은 휴먼 아트 센터
에 들어갈 수 없잖아요."

"직접 들어가는 대신 다른 방법을 썼지. 그 방법으로 다양한
정보들을 전달받았다. 이곳의 위치도 그에게서 받았지."

"여길 말입니까?"

강선태의 물음에 레드 대신 안나가 대답했다.

"여긴 도서관이야. 책들이 있는 곳."

"책?"

"종이로 만든 거야. 정보들이 기록된 물건이지."

안나의 대답이 끝나자마자 멀리서 굉음이 들렸다. 그러자 레
드가 힘겹게 말했다.

"여기도 들킨 모양이다. 비상구로 나가거라."

"같이 가요."

안나의 얘기에 레드가 얼굴을 찡그렸다.

"이게 얼마나 중요한 일인지 몰라서 이러느냐? 내가 이 상태
로 따라가면 짐이 될 뿐이야!"

레드의 반박에 안나는 울면서 고개를 끄덕거렸다. 그리고
레드가 앉아있는 의자 아래에서 가방을 꺼냈다. 가죽으로 만
든 꾸러미 하나와 플라즈마 건, 그리고 종이가 들어있는 것 같

왔다. 안나는 가방에 들어 있던 종이 뭉치들을 그에게 건넸다.

"이게 책이야. 잘 가지고 있어."

그리고는 꾸러미를 아버지 레드에게 주고, 플라즈마 건은 자신이 챙겼다. 안나가 바닥의 랜턴을 챙기는 사이 굉음이 더 가까워졌다. 레드의 이마에 입을 맞춘 안나는 강선태를 바라봤다.

"서둘러!"

강선태는 첫인상은 좋지 않았던 레드에게 눈으로 작별 인사를 했다. 자신감 있는 미소를 지은 레드는 어서 가라는 듯 눈을 깜빡거렸다. 안나는 강선태를 데리고 다른 문으로 빠져나가 문을 닫고 레버를 당겼다. 그러자 문 뒤에 있던 기둥들이 무너져 앞을 막아버렸다. 이런 식으로 로봇들의 추격을 막거나 시간을 끄는 듯했다. 기둥이 무너져 먼지가 피어올랐다.

강선태는 안나를 따라 서둘러 계단을 올라갔다. 두 층 정도 올라간 안나가 길게 이어진 복도를 따라 달렸다. 아래층에서 아까와는 비교할 수 없을 정도의 큰 폭음이 들리고 바닥의 먼지와 돌 부스러기들이 들썩거렸다. 잠깐 걸음을 멈춘 안나의 눈에는 눈물이 글썽이고 있었다. 하지만 안나는 곧장 다시 걸음을 뗐다. 강선태는 뒤를 따라가면서 조심스럽게 물었다.

"뭐가 어떻게 된 거죠?"

"모든 게 계획되어 있었어. 아버지는 평생 그걸 위해서 사셨고."

"인류에게 다시 문명을 만들어주기 위해?"

질문을 받은 안나는 고개를 끄덕거렸다.

"그게 자신의 사명이라고 믿으셨어. 그래서 시티 브레이커라는 조직을 운영하면서 하나씩 정보를 모았던 거지. 인류에게 필요한 문명을 탄생시키기 위해서 말이야. 관련된 정보가 책에 담겨있어."

안나의 대답에 강선태는 자신의 옷에 넣은 책이 떠올랐다.

"여기에?"

"맞아. 금속을 제련하는 법, 종이를 만드는 법, 집을 짓는 법 같은 것들이 있어."

"그 정보들은 예술가에게서 받은 거고요?"

"맞아. 그들은 예술을 복원한다는 명목으로 여러 정보에 접근할 수 있었거든. 하나둘씩 모은 정보를 샤갈을 통해 전달받았어."

"그 예술가들이요?"

"맞아. 미켈란젤로, 다빈치, 허난설헌, 앤디 워홀 같은 예술가들이."

안나의 말에 강선태는 그들이 왜 그렇게 비장하거나 혹은 이

코드 블루

상했는지 깨달았다. 그들은 자신들에게 다가올 미래를 알고 있어서 심정이 복잡했던 것이다.

"미켈란젤로의 죽음은 계획의 첫 단계였군요."

강선태의 말에 안나가 대답했다.

"맞아. 스스로 죽음을 맞이한 거지. 외부인인 너를 불러들이기 위해서."

"인간이 죽으면 인간에게 조사를 맡길 것이라고 예상한 건가요?"

"맞아. 그런데 돌발 변수가 발생했지. 허난설헌이 범인이라는 사실이 밝혀진 거야. 그녀는 비밀을 지키기 위해 죽었지. 어쨌든 네가 왔으니까 애초 의도는 성공한 셈이야."

"외부에서 온 인간에게 뭘 원한 겁니까?"

"연결."

짧게 대답한 안나가 갑자기 걸음을 멈추고는 조용히 하라는 손짓을 했다. 강선태는 시키는 대로 조용히 입을 다물고 한쪽 무릎을 꿇었다. 어둠 너머로 야트막한 바람 소리와 함께 로봇 특유의 묵직한 기계음이 들렸다. 강선태처럼 한쪽 무릎을 꿇고 바닥에 손을 댄 안나가 갑자기 외쳤다.

"뛰어!"

"뭐라고?"

강선태가 대답하려는 와중에 바닥을 뚫고 로봇들이 올라왔다. 앞에 있던 안나가 올라오려는 로봇의 머리에 플라즈마 건을 발사해서 제압하고는 외쳤다.

"어서!"

강선태는 머리가 박살 난 로봇을 뛰어넘어서 따라가려고 했다. 하지만 로봇이 팔을 뻗어서 발목을 잡는 바람에 넘어지고 말았다.

"으윽!"

강선태의 비명을 들은 안나가 돌아와서는 발목을 붙잡은 로봇의 팔을 플라즈마 건으로 부숴버렸다. 겨우 일어난 강선태는 안나를 따라 달렸다. 바닥을 뚫은 로봇들이 계속 올라왔는데 안나는 플라즈마 건으로 쏴서 제압하거나 혹은 훌쩍 넘어서 피해갔다. 그렇게 복도 끝에 도착한 강선태는 숨을 헐떡거렸다. 그사이 더 많은 로봇들이 바닥을 뚫고 올라왔다. 기괴하고 섬뜩한 로봇들은 두 사람을 향해 다가왔다.

"이제 어떡하죠?"

"좀 도와줘."

플라즈마 건을 허리에 끼운 그녀가 갑자기 벽을 잡고는 옆으로 당겼다. 그러자 벽이 서서히 열렸다. 강선태는 그녀를 도와 벽을 열어젖혔다. 한 사람이 겨우 들어갈 틈이 생기자 둘은 거의 우겨넣다시피 몸을 밀어 넣었다. 안쪽으로 들어가자 위쪽으로 뚫린 수직 통로가 보였다. 위를 올려다 본 안나가 말했다.

"옛날 사람들이 쓰던 엘리베이터라는 거야."

휴먼 아트 센터에서 봤던 것과 비슷했지만 굉장히 오래되었는지 여기 저기 녹이 슬고 부서져 있었다. 하지만 문제는 그게 아니었다. 로봇들이 둘을 쫓아 뛰어오는 중이었다.

"놈들이 오고 있어!"

강선태의 외침에 안나는 위에서 내려온 줄을 잡고는 외쳤다.

"꽉 잡아."

그리고 문 옆에 있는 줄을 플라즈마 건으로 끊어버렸다. 그러자 엘리베이터가 삐걱거리는 소리와 함께 위로 솟구쳤다. 위에 있던 무게추가 아래로 내려가는 모습이 보였다. 순조롭게 올라가는 것 같았지만 갑자기 아래쪽에서 주황색 플라즈마가 바닥을 뚫고 올라왔다. 안나가 외쳤다.

"줄을 잡아!"

시키는 대로 강선태가 줄을 잡자 그녀는 줄 아래쪽을 플라즈마 건으로 끊어버렸다. 그러자 바닥이 순식간에 아래로 떨어져버렸다. 한참을 내려간 엘리베이터 바닥은 로봇들과 충돌하고 요란한 굉음을 낸 뒤 부서져버렸다. 줄을 잡은 두 사람은 계속 위로 올라갔다가 수직 통로 끝에서 멈췄다. 대롱대롱 매달려 있던 둘은 통로 끝의 계단을 밟고 위로 올라갔다. 안나가 위쪽을 막은 뚜껑을 열자 빛이 쏟아져 들어왔다. 안나를 따라 밖으로 나온 강선태는 깜짝 놀라고 말았다.

"여긴!"

두 사람이 나온 곳은 놀랍게도 도시 안쪽이었다. XG‒331A와 함께 둘러봤던 시티 라이즌 구역의 거대한 창고를 본 강선태는 어안이 벙벙했다.

"어떻게 여기로 들어온 거지?"

"등잔 밑이 어두운 법이니까. 따라와."

밖으로 나온 강선태는 안나를 따라 창고로 향했다. 주변에 짐을 나르거나 정리하는 인간들이 많았지만 하나같이 둘을 외면한 채 일에 열중했다.

6.
인간의
길

XG‒331A는 침대라고 불리는 대형 충전기에서 눈을 떴다. 그러자 바로 순찰 드론에 탑재된 인공지능의 메시지가 보였다.

– 충전 끝내셨습니까?

– 100퍼센트 충전이 된 것 같군. 몸 상태도 좋고.

– 순찰 시간입니다.

– 바로 나가지. 이동 준비해.

– 알겠습니다.

수직으로 서있는 충전기에서 걸어 나온 XG‒331A는 거실에 있는 클리너에서 웨어러블 디바이스를 입고 고글을 썼다. 마지막으로 플라즈마 건을 챙긴 다음에 밖에서 대기하고 있던

코드 블루

순찰 드론에 탑승했다. 그리고는 뭔가 생각난 듯 물었다.

- 네 이름이 뭐였지? 갑자기 생각이 안 나는군.

- 제 이름은 키프로스입니다.

- 반갑군, 키프로스. 오늘 우리의 순찰 경로는 어떻게 되지?

- 서쪽의 다운 라이딩 구역을 돌아보고 북쪽의 메탈 사이드에 가도록 되어 있습니다.

키프로스의 보고를 받은 XG - 331A는 이상함을 느꼈다.

- 이상하군.

- 무엇이 말입니까?

- 그쪽에는 한 번도 가본 적이 없는 느낌이 들어서 말이야.

XG - 331A의 물음에 인공지능 키프로스가 대답했다.

- 느낌은 제 알고리즘으로 설명해드릴 수 없는 분야입니다.

- 알겠어. 순찰을 시작하지.

- 이동합니다.

가볍게 떠오른 순찰 드론이 도시의 서쪽으로 향했다. 곧게 뻗은 대로와 태양열 발전과 업무를 위해 만든 빌딩 사이의 좁은 골목길을 정해진 순서대로 도는 것이 순찰 업무의 핵심이었다. 오가는 로봇들이 이상행동을 하는지, 혹은 쓰레기를 비롯해서 평소와 다른 게 있는지 확인하는 것이 순찰 로봇의 임무였다. 치안 유지 임무라고는 하지만 마더의 명령에 따르는 로봇들이 사고를 칠 확률은 지극히 낮았다. 다만 마더는 수많은 로봇들이 다양한 일을 하기 때문에 언제든 오류나 고장을 일으킬 수 있다는 점을 염려해 로봇들에게 치안 유지 임무를 맡긴 것이다. 치안 유지 로봇은 비공식적으로는 도시 바깥의 인간들을 통제하고 감시하는 일도 했다.

인공지능 키프로스가 미리 정해진 경로대로 드론을 운행하는 사이, XG-331A는 근처의 감시 카메라들이 찍은 영상들을 확인했다.

– 서쪽 다운 라이딩 구역의 순찰은 모두 마쳤습니다. 이제 북부 지역으로 이동하겠습니다.

– 알겠어.

녹화된 영상을 보던 XG-331A는 고글에 뜬 긴급 상황 메시지를 확인했다.

– 도시 남쪽 시티 라이즌 구역 방벽 너머에서 인간과 하이 셉트가 충돌했다고 하는군.

– 방벽 너머에서 말입니까?

인공지능 키프로스의 물음에 XG-331A가 대답했다.

– 방벽 바깥이라고 나오는군. 코드 레드 상황이라 순찰 중인 치안 유지 로봇들을 투입하라는 센트럴 가드 센터의 명령이야. 우리도 가봐야겠어.

- 우리는 갈 수 없습니다.

- 왜?

- 정해진 순찰 경로를 벗어나지 말라는 지시가 내려왔습니다.

- 이유는?

갑작스러운 지시에 놀란 XG - 331A의 물음에 인공지능 키프로스가 대답했다.

- 알 수 없습니다. 어쨌든 다음 순찰 코스로 이동하겠습니다.

순찰 드론이 북쪽으로 방향을 틀었다. XG - 331A는 돌아가는 상황을 이해하지 못해 혼란스러웠지만 일단 임무에 집중하기로 했다. 북쪽으로 향하는 순찰 드론 속에서 XG - 331A는 다음 순찰 경로를 살펴보면서 현재 위험 지역에서 발생하고 있을 범죄를 예측했다. 센트럴 가드 센터에서는 빅 데이터를 이용해서 범죄를 예측하는 시뮬레이션을 제공했다. 하지만 그 시뮬레이션을 쓸 일은 이제까지 거의 없었다. 인공지능 수준이 낮은 로봇들은 정해진 임무만 수행했기 때문에 범죄를 저지를 일이 없었고, 수준 높은 인공지능을 가진 로봇들은 얻는 피해가 크다는 걸 알기에 범죄를 저지르지 않았다. 하이 셉트나 시티 브레이커 정도만 문제를 일으켰다.

방벽 너머에서 일어나고 있는 일을 확인하고 싶었지만, 명령에 대한 불평과 불만은 허용되지 않기 때문에 XG - 331A는 그저 북쪽으로 향하는 순찰 드론을 지켜봤다. 하지만 알 수 없는 이질감이 마치 그림자처럼 로봇의 뒤를 따라왔다.

시티 라이즌 구역으로 들어선 강선태는 안나와 함께 일꾼처럼 행동했다. 두 사람은 창고의 물품들을 이동용 로봇에 올리는 시늉을 했다. 주변 사람들은 최대한 두 사람이 눈에 띄지 않도록 도왔다. 감시 로봇이 지나가면 앞을 가렸고, 공중에 지나가는 드론이 보인다면 조용히 손짓으로 알려줬다. 그런 식으로 감시를 피해 창고 안으로 들어온 강선태는 안나를 바라봤다.

"모든 게 계획이었다고요? 그 사람들이 죽은 것까지도?"

말없이 고개를 끄덕인 안나가 창고를 살펴봤다.

"이렇게 로봇의 노예나 장난감으로 지내지 않으려고 희생을 자처한 거야. 네가 센터에서 만났던 사람들 모두 네가 센터를 떠난 이후로 스스로 목숨을 끊었어."

"앤디 워홀과 신윤복, 다빈치 모두 죽었다고요? 어떻게 그렇게 쉽게 목숨을 버릴 수 있죠?"

강선태의 물음에 안나가 질문을 던졌다.

"로봇이 왜 우릴 여기 들어오게 했겠어?"

　　　　　　　　　　　　　　　　　코드 블루

"자기들이 우월하다는 걸 보여주려는 의도 아닐까요?"

"맞아. 그들은 인간들은 하찮고 무력한 존재라서 자신들의 지배를 받아야 한다고 생각하지. 그래서 황무지로 추방하고 아주 소수의 사람들만 이곳을 드나들게 했어. 자신들이 얼마나 완벽한지 보여주려고 말이야. 덕분에 우린 이곳에서 로봇들의 빈틈을 찾았어."

그러면서 안나는 바로 옆에 있던 상자를 가리켰다.

"휴먼 아트 센터로 들어가는 물건이야. 우린 여기에 쪽지를 적어서 보냈어."

"쪽지?"

"상자 사이에 글자를 적은 종이를 끼워두는 거지. 그걸로 대화했어."

"맙소사."

"우리는 그렇게 필요한 정보를 얻었어. 금속 제련법부터 건축까지. 마지막으로 남은 건……."

"로봇들이 감시하지 못하는 곳, 알파 에덴의 위치로군요."

"맞아. 얼마 전에 샤갈이 컨트롤 타워의 메모리 저장 센터에서 그 정보를 알아낼 수 있다고 전해왔어."

"어떻게 들어갑니까?"

"거긴 예술가들도 우리도 접근할 수 없었지. 들어간다고 해도 정보를 바로 알아낼 방법이 없어.

"그럼 포기해야 하지 않습니까?"

"샤갈이 다른 방법을 알려줬어."

"어떤 방법이요?"

강선태의 물음에 안나가 대답했다.

"로봇들은 정보를 저장하고 옮길 때 큐브라는 저장장치를 이용해. 로봇마다 큐브를 가지고 있지. 큐브만 있으면 해독 장치로 그 정보를 읽어낼 수 있어."

"해독 장치가 있다고요?"

"응. 오랜 기간 아주 조금씩 부품을 모아서 만들었지. 동굴에 숨겨놨어."

"하지만 큐브는 어떻게 얻습니까?"

"원래 계획은."

안나가 안타까운 표정을 지었다.

"우리 조직을 네가 소탕하고, 그 공로로 로봇의 신뢰를 얻는 거였어. 네가 그 신뢰를 이용해서 정보를 빼내는 거지. 치안 유지 로봇 정도면 에덴 알파의 위치는 알고 있을 테니까."

"그냥 로봇을 하나 공격해서 그 로봇이 가진 큐브를 탈취하면 되지 않습니까?"

"예전에 시도한 적이 있는데 공격을 받아서 강제로 큐브를

코드 블루

빼앗긴 로봇은 자폭하게 되어 있어. 만약 무사히 큐브를 얻었다고 해도 큐브 내의 정보가 소멸되어버려."

"큐브와 정보를 위해서 예술가들이 죽었군요."

"인간과 로봇이 자연스럽게 가까워질 수 있는 방법은 그것밖에 없었어."

"제정신입니까?"

"언제까지나 이렇게 살 수는 없잖아. 지금도 황무지에서는 사람들이 죽어가고 있어. 이러다가 인간들은 멸종되고 말 거야. 아니면 자유 의지를 상실하든가. 우린 엄청나게 많은 방법을 고민했어. 예술가들이 이 방식을 제안했고."

"어쩐지 이상했습니다. 제가 만난 예술가들 모두 초연하게 사건을 예상했다는 자세를 보였거든요."

"아버지와 나는 다른 방법을 찾아보자고 했지만 그들은 시간이 없다고 했어. 마더가 계획을 눈치채면 모든 게 물거품이 될 테니 그 전에 빨리 진행해야 한다고 고집부렸지."

안나의 대답을 들은 강선태는 저도 모르게 한숨을 쉬었다.

"로봇이 인간을 조사 요원으로 투입하도록 유도한 거군요. 휴먼 아트 센터와 시티 브레이커의 연관성을 일부러 눈에 띄게 만들어서 말이죠."

"맞아. 그러면 우리를 조사하기 위해서 외부에서 인간을 데려와 우리에게 잠입시킬 거라고 예상했지. 그게 바로 너야."

"잘못하면 조직 자체가 위험해질 거라는 걸 몰랐습니까?"

"물론 알고 있었지. 그래서 조직원들이 미끼가 되기로 했던 거고. 문제는 예상보다 놈들이 빨리 들이닥쳤다는 거야."

안나의 표정이 어둡고 씁쓸해졌다. 다른 조직원들은 둘째 치고 아버지까지 잃었으니 상심이 클 것이 뻔했다.

"이제 어떡할 겁니까?"

"일단 몸을 숨겼다가 다시 시작해야지. 너는 도시 밖으로 내보내줄게. 고향이든 어디든 알아서 가."

안나의 얘기를 들은 강선태는 생각에 잠겼다. 어쩌다보니 사건에 휘말려 문명을 일으키려는 계획의 한복판에 서게 되었다. 강선태는 자신이 할 수 있을 일을 고민하다가 한 가지 아이디어를 떠올렸다.

"저와 같이 사건을 조사하던 치안 유지 로봇을 통해서 정보를 알아낼 수 있을지 몰라요."

"포기해. 로봇들이 네가 있는 데도 쳐들어 왔잖아. 넌 로봇의 신뢰를 얻지 못했어. 그들은 네게 정보를 주지 않을 거야."

"그 로봇들은 치안 유지 로봇들이 아니라 하이 셉트라는 무리였습니다."

"그게 무슨 상관인데?"

"두 무리는 별개의 집단입니다. 서로 사이도 좋지 않아 보였어요. XG‒331A가 빠진 걸 보니 그는 이번 습격에서 배제된 듯하고요. 그렇다면 계속 별도로 사건을 조사를 하고 있을지도 몰라요. 사건을 파헤치기 위해서 우리에게 협력할지도 모릅니다."

강선태의 얘기를 들은 안나가 잠시 생각하다가 고개를 저었다.

"그렇다고 해도 어떻게 접촉할 건데?"

안나의 물음에 강선태는 잠시 생각하다가 입을 열었다.

"방법이 있습니다."

자신 있게 대답한 강선태는 자신의 왼쪽 손목을 힘껏 눌렀다.

"무슨 짓이야?"

"저와 함께 조사하던 로봇을 부르는 호출 신호입니다. 만나면 범인을 찾았다고 하고 그 대가로 알파 에덴의 정보를 요구하겠습니다."

"로봇은 거래 같은 거 안해!"

안나의 대답에 강선태는 고개를 저었다.

"XG‒331A는 호기심이 많아서 응할 겁니다. 어떻게든 큐브에 담긴 정보를 손에 넣어보겠습니다."

"가능할까?"

안나의 물음에 강선태가 대답했다.

"다른 방법이 없잖아요."

북쪽 지역을 순찰하던 XG‐331A는 의문이 좀처럼 가시지 않았다. 코드 레드 상황이 발생했는데도 자신의 투입이 금지되었다. 게다가 이상하게도 기억에 단절된 부분이 있었다. 그런 XG‐331A의 모습을 살펴보던 인공지능 키프로스가 말했다.

- 알고리즘이 계속 복잡한 오류를 일으키고 있습니다.

- 답을 알 수 없는 의문들이 계속 생겨나는군.

- 순찰이 끝나고 정밀 수리 센터에 들려보시겠습니까?

- 그 정도로 문제가 있는 건 아니잖아.

XG‐331A의 대답을 들은 인공지능 키프로스가 조수석 앞에 있는 클리너의 뚜껑을 열었다.

- 고글 세척이라도 해보시겠습니까?

- 그럴까?

키프로스의 제안을 받아들인 XG‐331A는 고글을 벗어서 클리너에 넣으려고 했다. 그런데 고글에 뭐가 걸려 살펴보니 안쪽에 종이조각이 들어있었다. 의아해진 XG‐331A는 머니

코드 블루

풀레이터로 종이조각을 집어서 펼쳤다. 렌즈로 적혀있는 글씨를 판독했다.

– 코드 블루?

– 코드 블루면 인간이 인간을 파괴한 상황을 나타내는 신호 아닙니까?

키프로스의 물음에 혼란을 느끼던 XG – 331A는 겨우 대답했다.

– 맞아. 지금 발생한 건 코드 레드 상황 아니었나? 그런데 코드 블루라니. 뭔가 이상하군.

– 센트럴 가드 센터에 문의해볼까요?

– 일단은 먼저 살펴보지.

XG – 331A는 그 아래 적힌 단어들을 차례대로 읽었다.

– 아무도 믿지 마라. 휴먼 아트 센터. 강선태. 파란색.

– 문장의 조합이 이해가 가지 않습니다.

– 하나씩 풀어봐야지. 일단 믿지 말라는 '아무도'에는 누구까지 포함될까?

XG – 331A의 질문에 키프로스가 대답했다.

– 저도 대상에 포함될 수 있습니다.

– 하지만 파트너는 믿어야지. 믿지 말아야 할 다른 로봇이나 사람이 있을지도 몰라.

– 감사합니다.

– 휴먼 아트 센터는 인간들이 입주해서 예술을 복원하는 곳이잖아.

– 맞습니다. 강선태는 인간의 이름인 것 같은데 방금 검색했는데 그곳에 입주했는지는 확인할 수 없습니다.

– 명단에 없는 건가?

– 그곳에 입주한 인간들은 모두 새 이름을 받습니다. 황무지에서 사용했던 이름은 더는 사용하지 않습니다.

인공지능 키프로스의 대답을 들은 XG – 331A는 잠시 고민하다가 말했다.

– 정규 순찰도 끝나가니까 휴먼 아트 센터에 들러봐야겠군.

– 이동하겠습니다.

얼마 후 순찰 드론이 휴먼 아트 센터 앞에 도착했다. 순찰 드론에서 내린 XG – 331A는 휴먼 아트 센터를 향해 걸어갔다. 그런데 웨어러블 디바이스를 통해 접근 금지 메시지가 떴다.

– 왜 접근 금지입니까?

XG – 331A의 질문에 휴먼 아트 센터를 관리하는 인공지능 드보르작이 대답했다.

– 밝힐 수 없는 내부 문제로 비관계자의 출입을 당분간 금지합니다.

- 치안 유지 임무를 맡고 있는 저에게도 말입니까?

- 모두에게 예외 없이 적용됩니다.

더 파고들 수 없는 대답이라서 XG - 331A는 포기하고 돌아서야만 했다. 이제 남은 단서는 하나뿐이었다. 강선태. 센트럴 가드 센터의 중앙 컴퓨터를 이용해서 누구인지 조사해보면 될 테지만 함께 적혀있던 '아무도 믿지 마라'라는 문구가 마음에 걸렸다. 그때 순찰 드론 안에서 시끄러운 소리가 들렸다. 놀란 XG - 331A가 키프로스에게 물었다.

- 무슨 소리지?

- 긴급 사태를 알리는 비상 통신기 같습니다.

- 나는 누군가에게 통신기를 준 적이 없는데?

- 제게도 기록이 남아있지 않습니다.

- 위치는?

- 도시 남쪽의 시티 라이즌 구역입니다.

홀로그램으로 뜬 시티 라이즌 구역을 본 XG - 331A가 지시를 내렸다.

- 시티 라이즌 구역으로 이동해.

- 거긴 정규 순찰 구역이 아닙니다만?

- 비상 신호가 울렸잖아. 일단 이동해.

- 알겠습니다.

XG - 331A는 시티 라이즌 구역으로 이동하는 동안 논리적으로 생각을 해봤다.

- 답은 하나밖에 없군.

- 뭡니까?

인공지능 키프로스의 물음에 XG - 331A가 조심스럽게 대답했다.

- 내 기억이 삭제된 거야.

- 1급 인공지능의 기억이 강제로 삭제되었다면 일종의 처벌을 받은 것입니다.

- 그렇지.

침묵이 이어졌다. 그게 어떤 의미인지는 둘 다 잘 알고 있었기 때문이다. 시티 라이즌 구역에 거의 도착할 무렵, 키프로스가 조심스럽게 물었다.

- 도착했습니다. 어디로 갈까요?

- 일단 천천히 순찰하는 것처럼 돌아보지. 뭔가를 계기로 기억이 복구될지도 모르니까.

- 알겠습니다. 저속으로 운행하면서 주변을 관찰하겠습니다.

감시 센서들을 모두 가동한 순찰 드론이 천천히 움직였다. 시티 라이즌 구역은 다른 곳과는 달리 인간들이 있었기 때문에 최대한 꼼꼼하게 순찰하도록 규정되어 있었다. XG - 331A는 순찰 드론의 센서들을 확인하면서 자신의 카메라로도 주변을 살펴봤다. 느릿하게 움직이는 인간들의 얼굴은 똑같았다. 낯선 곳에 와있다는 두려움과 로봇에 대한 경외감, 그리고 뭔가를 감추고 있는 것 같은 비밀스러운 표정들까지. XG‑331A는 자신의 알고리즘으로는 이들을 도저히 이해할 수 없을 것이라고 생각했다. 순찰을 계속하던 중 갑자기, 경고음이 울렸다.

– 전방에 인간이 나타났습니다.

고개를 돌린 XG‑331A는 앞을 가로막은 인간을 봤다. 위험을 감지한 키프로스가 순찰 드론에 장착된 플라즈마 건을 작동시켰다.

– 멈춰!

– 위험합니다.

– 신호를 보낸 인간이잖아. 중지해!

XG‑331A의 거듭된 외침에 키프로스도 마침내 작동을 멈췄다. 그사이 인간이 옆으로 다가와서 뭐라고 소리를 쳤다. 순찰 드론은 외부의 소리를 완벽하게 차단했기 때문에 뭐라고 하는지 알 수 없었다. XG‑331A는 서둘러 운전석의 창문을 열었다. 그러자 인간이 아는 척을 했다.

"와주셨군요."

감격에 찬 그의 표정을 보면서 XG‑331A가 물었다.

- 누구야?

XG‑331A가 자신을 알아보지 못하자 인간은 놀란 표정을 지었다.

"강선태입니다. 강선태."

잠시 고민한 XG‑331A는 일단 자신을 강선태라고 밝힌 인간을 드론에 태우기로 하고 조수석의 문을 열었다. 그리고 서둘러 조수석에 앉은 강선태에게 XG‑331A가 플라즈마 건을 겨눴다.

- 네 정체와 나를 호출한 이유, 어떻게 호출기를 가지고 있는지를 밝혀라. 사실대로 이야기하지 않으면 체포하겠다.

"정말 저를 잊어버린 겁니까? 당신이 누구인지는 기억합니까?"

- 나는 XG‑331A다. 도시의 치안 유지 임무를 맡고 있지.

"당신은 며칠 동안 휴먼 아트 센터에서 벌어진 살인 사건을 저와 함께 조사하고 있었습니다."

강선태의 이야기를 들은 XG‑331A는 아무런 답도 할 수 없었다. 그러자 키프로스가 끼어들었다.

- 우리 임무 기록에는 없습니다.

그 말을 들은 XG‑331A는 키프로스에게 명령했다.

- 코드 블루 상황이면 인간이 인간을 해쳤다는 뜻이잖아. 관

련 정보가 있는지 확인해봐.

잠시 뒤 확인을 끝낸 키프로스가 대답했다.

– 관련 정보가 기밀로 분류되어 있어서 확인이 불가능합니다.

– 없는 게 아니라 기밀로 분류되어 있다고?

놀란 XG – 331A의 대답을 옆에서 들은 강선태가 갑자기 소리쳤다.

"재생형!"

– 뭐라고?

"저와 만난 뒤의 기억이 사라진 거 같아요. 당신은 로봇에게 내려지는 처벌 중 하나인 재생형을 받은 거 같습니다."

– 내가 왜? 나는 치안 유지 로봇이야!

XG – 331A는 강선태의 추측이 말도 안 된다고 생각했지만, 먼저 확인할 필요가 있었다.

– 내가 재생형을 당했다는 증거는?

"아니라면 왜 저에 대한 기억이 없습니까?"

– 그건…….

XG – 331A는 말을 잇지 못했다. 클리너에 있던 쪽지가 아니었다면 강선태의 존재조차 알지 못했을 것이다. 거기다 코드 레드 상황임에도 혼자 현장에서 배제되었고, 코드 블루 상황이나 휴먼 아트 센터에 대한 정보도 없었다. 강선태라는 인간의 말이 거짓말 같지는 않았다. 웨어러블 디바이스는 강선태의 눈 움직임과 맥박을 분석한 뒤 98퍼센트 확률로 진실을 말하는 중이라고 알려왔다. XG - 331A는 겨누고 있던 플라즈마 건을 내려놨다.

- 나와 무슨 일을 했지?

"휴먼 아트 센터에서 발생한 살인 사건을 조사하고 있었습니다. 그곳의 예술가들과 시티 브레이커들 사이의 연관성을 찾기 위해 저보고 조직에 잠입하라고 하셨고요. 정말 기억 안 나십니까?"

강선태의 설명에 XG - 331A는 자신의 이전 기억이 비어있다는 사실을 상기했다. 순찰 드론의 인공지능 역시 기록이 없는 상태였다. 강선태의 말이 맞는 것 같았다. 강선태가 기억에 없는 과거의 이야기를 계속하자 XG - 331A의 혼란은 더 심해졌다. 결국 XG - 331A는 인공지능 키프로스에게 물었다.

- 데이터는 전혀 없는 건가?

- 그렇습니다. 관련 정보에 대한 접근도 막혀있습니다.

둘의 대화를 듣던 강선태가 말했다.

"제 말을 증명할 수 있습니다."

- 어떻게?

"저를 시티 브레이커에 침투시킬 때 감시용 드론을 보내겠다고 얘기했습니다. 그걸 확인하면 되지 않겠습니까? 그 드론에 이제까지 알아낸 정보들을 전송했다고도 했습니다."

강선태의 얘기를 들은 XG‒331A는 키프로스에게 물었다.

‒ 사실이야?

‒ 감시용 드론 한 대가 비어 있습니다. 지금 위치를 확인해봤는데…….

잠시 뜸을 들이던 키프로스가 대답했다.

‒ 27번 게이트 밖에 있습니다.

‒ 거긴 시티 브레이커의 본거지잖아.

‒ 맞습니다. 이번에 하이 셉트와 그들이 충돌한 장소이기도 합니다.

‒ 그렇다면…….

XG‒331A가 채 말을 잇지 못하는데 키프로스가 대답했다.

‒ 감시용 드론의 저장 장치에 명령을 내린 기록이 남아있을 겁니다.

‒ 기억이 지워지기 이전에 내린 명령 말이야?

‒ 그렇습니다. 감시용 드론의 저장 장치인 큐브에 긴급 저장된 기록들이 있는 걸 확인했습니다.

인공지능 키프로스의 대답을 들은 XG‒331A가 물었다.

‒ 감시용 드론을 회수할 수 있는 방법은?

– 현재 에너지가 바닥이라 이동할 수 있는 상황은 아닙니다. 직접 가는 수밖에 없습니다.

– 그럼 직접 가서 회수한다.

– 도시 바깥으로 나가려면 센트럴 가드 센터의 승인이 필요합니다.

XG – 331A는 잠시 고민을 하다가 대답했다.

– 그냥 나간다.

– 규칙 위반입니다.

– 잃어버린 기억을 찾는 게 우선이야.

XG – 331A가 강하게 말하자 키프로스도 수긍했다.

– 방법을 찾아보겠습니다.

– 일단 이동하지.

순찰 드론이 두둥실 떠올라서 방벽 쪽으로 방향을 틀었다. 잠시 후 키프로스가 말했다.

– 마더에게 긴급 수색 명령을 받았다고 하고 통과 요청을 보내겠습니다. 센트럴 가드 센터에서 확인하려면 잠시 시간이 걸리니 그때 통과하면 됩니다.

– 알겠어.

속도를 높인 순찰 드론이 방벽으로 다가갔다. 앞을 바라보던 XG – 331A가 강선태에게 물었다.

- 그곳에 가면 기억을 찾을 수 있을까?

"적어도 제 말이 사실이라는 건 확신할 수 있을 겁니다."

강선태의 대답을 들은 XG‒331A는 방벽을 바라봤다. 27번 게이트가 서서히 열리다가 갑자기 멈추고 도로 닫히기 시작했다. 예상 밖의 상황에 놀란 키프로스의 목소리가 들렸다.

- 예상보다 빨리 확인했나 봅니다.

- 그대로 지나간다! 속도 높여!

순찰 드론의 속도가 최대치로 높아졌다. 순찰 드론은 게이트의 문을 아슬아슬하게 통과해서 도시 바깥으로 빠져나갔다. 한숨을 돌린 XG‒331A가 키프로스에게 말했다.

- 감시용 드론의 위치는?

- 남서쪽으로 12킬로미터 떨어진 곳에 있습니다.

- 최대한 빨리 이동한다.

- 추격자들이 있습니다.

강선태가 뒤를 돌아봤다.

"드론 세 대가 쫓아옵니다."

- 멈추고 지시를 따르라는 메시지를 보내고 있습니다.

- 섬광탄 투하해!

순찰 드론의 뒤쪽으로 붉은 공이 떨어졌다. 몇 번 튕겨 튀어오른 붉은 공은 거대한 빛을 뿜어내면서 폭발했다. 순찰 드론

한 대가 그 빛의 벽을 통과했다. 키프로스가 경고음을 냈다.

　– 한 대가 따라옵니다. 멈추지 않으면 발포한다고 합니다.

　– 우리도 응사할 준비해.

　– 그러면 정말 큰일 날 수 있습니다. 제가 유인할 테니 탈출
해서 이동하십시오.

　– 어떻게?

　– 연막을 분사하면서 이동하겠습니다.

　인공지능 키프로스의 계획을 들은 XG‑331A가 대답했다.

　– 알겠어.

　– 탈출 장치 가동합니다. 3, 2, 1!

　삐빅거리는 소리와 함께 XG‑331A와 강선태가 앉은 좌석
이 아래로 떨어졌다. 예상하고 있던 XG‑331A는 놀라지 않았
지만 강선태는 목이 찢어져라 비명을 질렀다.

　순찰 드론의 인공지능이 숫자를 세더니 갑자기 바닥이 푹 꺼
졌다. 강선태는 의자째로 지상으로 추락했다. 땅에 충돌하기
전 좌석 주변으로 하얀 가죽 같은 것이 부풀어 올라서 충격은
줄어들었다. 머리 위로 하얀 연막을 그리며 멀어져가는 순찰

　　　　　　　　　　　　　　　　　코드 블루

드론이 보였다. 뒤를 쫓아온 다른 순찰 드론이 연막을 뚫고 질주했다. 하얀 연막 사이로 주황색의 플라즈마가 번쩍거렸다.

의자에서 일어난 강선태는 옆을 바라봤다. 같이 떨어진 XG-331A가 주변을 돌아보다가 한 방향을 가리켰다.

- 저쪽이야.

강선태는 시큰거리는 무릎 때문에 절뚝거리며 XG-331A의 뒤를 따랐다. 강선태는 속으로 안도의 한숨을 쉬었다.

휴먼 아트 센터의 예술가들이 무엇을 위해 죽었고, 시티 브레이커의 우두머리 레드와 다른 조직원들이 왜 죽었는지를 알고 난 이후에는 반드시 에덴 알파의 위치를 알아내야겠다는 생각밖에는 들지 않았다. 하지만 그 정보가 있다는 컨트롤 타워에 직접 접근할 수는 없었다. 그래서 강선태는 XG-331A를 이용하기로 했다. XG-331A에게 이번 살인 사건의 비밀이 그곳에 있다고 말해서 정보를 빼낼 생각이었다.

그런데 문제가 생겼다. XG-331A가 자신을 기억하지 못했다. 강선태는 그 사실을 안 순간 당황했지만 이내 침착해졌다. XG-331A는 잃어버린 기억을 찾으려고 애쓰는 중인 듯했다. 일이 잘만 풀리면 원하는 걸 얻을 수 있을지도 모른다. 강선태는 일단 지켜보기로 했다.

XG-331A는 황무지를 천천히 걸었다. 한참을 걸어가던

XG-331A가 불쑥 물었다.

- 왜 기억이 지워졌을까?

"재생형이 맞다면 규칙을 어겨서 처벌받은 거겠죠."

- 나는 치안 유지 로봇이야. 처벌을 하는 쪽이지 처벌받는 쪽이 아니야.

XG-331A의 반박에 강선태는 어깨를 으쓱거렸다.

"감시용 드론의 기록을 확인해보면 알겠군요."

XG-331A는 아무 말 없이 다시 발걸음을 옮겼다. 걸음을 내디딜 때마다 그의 손목에서 빛이 번쩍거렸는데 점점 더 껌뻑거리는 속도가 빨라졌다. 마침내 그가 발걸음을 멈췄다. 그러자 땅속에서 뭔가 부스스 일어났다.

"뭡니까?"

놀란 강선태의 물음에 XG-331A가 대답했다.

- 감시 드론.

머리가 없는 강아지처럼 생긴 감시 드론은 힘이 없는 듯 다시 주저앉았다. 그러자 XG-331A는 한쪽 무릎을 꿇고 감시용 드론의 등에 있는 버튼을 눌렀다. 그러자 드론 몸통이 열리더니 안에서 네모난 금속 상자가 나왔다. 저게 안나가 얘기한 큐브가 틀림없었다. 일이 이렇게 풀릴지는 몰랐지만 어쨌든 큐브를 확보할 기회가 생겼다.

XG-331A는 큐브를 자신의 등에 붙였다. 그 상태로 잠시 침묵하던 XG-331A가 강선태를 돌아봤다.

　– 네 말이 맞았어.

　"정보를 읽었습니까? 왜 기억이 지워진 겁니까?"

　– 사건을 조사하기 위해 마더가 있는 컨트롤 타워의 메모리 저장 센터에 침입했었어.

　"발각되었군요."

　XG-331A는 대답 대신 고개를 끄덕거렸다. 그리고 비로소 진실을 깨달았다는 표정을 지었다.

　– 모두 지켜보고 있었어.

　"누가요?"

　– 마더가, 초소형 드론을 통해서 코드 블루 상황이 벌어진 것을 알고 있었다고.

　"그런데 왜 조사를 하라고 한 거죠?"

　강선태의 물음에 XG-331A 대답 대신 갑자기 플라즈마 건을 겨누면서 말했다.

　– 막기 위해서였어.

　"뭘 막기 위해서요?"

　– 인간들이 다시 문명을 찾는 걸 말이야.

　"우리가 왜 문명을 다시 찾으면 안 됩니까?"

- 인간들은 그럴 자격이 없어. 지난 전쟁에서 그걸 증명했 잖아.

"그건 선조들의 잘못입니다. 후손들이 그걸 책임질 필요는 없단 말입니다."

- 힘이 주어지면 다시 그럴 거잖아.

"안 그럴 겁니다. 우린 같은 실수를 반복하지 않을 거라고 요!"

- 믿을 수 없어. 인간들은 감정적이고, 논리적이지 못해.

XG-331A의 얘기에 강선태는 강하게 말했다

"그러지 말고 우리에게도 기회를 좀 주세요."

- 무슨 기회? 살인을 저지를 기회?

"대의를 위한 희생이었습니다."

XG-331A는 강선태의 말을 듣고는 대답 대신 플라즈마 건을 머리에 가져다댔다. 강선태가 이게 마지막이라고 생각하는 순간, XG-331A의 뒤쪽에서 플라즈마가 날아왔다. 놀란 강선태는 몸을 숙였다. 모래 먼지를 뚫고 나타난 사람은 바로 안나였다. 플라즈마 건을 쏘며 다가오는 안나를 본 XG-331A가 몸을 돌려 응사했다. 안나가 쏜 플라즈마 건이 XG-331A의 머리를 맞춘 것과 XG-331A이 쏜 플라즈마 건이 안나의 어깨를 스친 것은 거의 동시였다.

"으윽!"

안나가 비명을 지르며 쓰러지자 주춤거리던 XG – 331A가 다시 플라즈마 건을 겨눴다. 강선태는 재빨리 바닥의 돌을 집어들어 XG – 331A의 머리를 내리쳤다. 쿵 하는 소리와 함께 XG – 331A의 머리가 부서졌다. 충격을 받은 XG – 331A는 그대로 앞으로 넘어졌다. 강선태는 돌을 내던져버리고, XG – 331A의 등 뒤에 부착한 큐브를 뜯어냈다. 그리고 바로 안나에게 다가갔다.

"괜찮아요?"

그러자 어깨를 부여잡은 안나가 숨을 내쉬었다.

"버틸 만해. 큐브는?"

강선태는 대답 대신 한 손에 든 큐브를 보였다. 그걸 본 안나가 씩 웃었다.

"해낼 줄 알았어. 어서 여길 뜨자. 근처에 땅굴이 있어."

"제가 부축해드릴게요."

안나를 부축한 강선태는 쓰러진 XG – 331A를 바라봤다.

"잠깐만요."

안나를 잠시 내려놓은 그는 XG – 331A에게 다가가서 이리저리 살펴보고는 돌아섰다. 기다리던 안나가 물었다.

"왜?"

"움직이는 것 같아서요. 땅굴은 어느 쪽이에요?"

"저쪽!"

머리에 충격을 받고 쓰러진 XG‒331A를 순찰 드론이 수거했다. 커다란 집게로 들어올려진 그는 곧장 도시의 재생 센터로 보내졌다. 부서진 머리는 제거되고 새로운 머리가 부착되었다. XG‒331A는 거동이 가능해지자마자 곧장 마더를 만나러 갔다. 새로 부착한 머리의 센서들의 접속이 약간 불량했지만 대화를 나누는 데 아무 문제가 없었다.

- 괜찮나요?

마더의 물음에 XG‒331A는 짧게 대답했다.

- 아무 이상 없습니다.

- 당신을 코드 블루 상황에 투입했던 건 다른 치안 유지 로봇보다 호기심이 많다는 분석 결과 때문이었죠.

- 저는 임무에 실패했습니다. 처벌해주십시오.

- 왜 실패했다고 생각하죠?

XG‒331A는 마더의 물음에 잠깐 생각을 하다가 말했다.

- 무단으로 메모리 저장 센터에 침입했고, 인간에게 큐브를

빼앗겼습니다.

- 약 2.1퍼센트의 가능성이었어요.

- 뭐가 말입니까?

- 이런 결과가 나올 확률이요. 그리고 내가 바랐던 결과이기도 하고.

- 이 상황을 말입니까?

마더는 XG-331A의 반문에 모니터의 영상을 바꿨다. 위성으로 본 황무지의 풍경이었다. 땅에 작은 점들이 있었다.

- 당신에게서 큐브를 탈취한 인간들이 에덴 알파로 향하고 있어요. 우리가 위성으로 감시할 수 없는 곳이죠.

- 에덴 알파로 순찰대를 보내 체포하면 되지 않겠습니까?

- 로봇도 그곳으로는 접근할 수 없어요. 자기장이 강해서 로봇들은 작동이 안 되거나 통신이 두절될 가능성이 높아요. 인간들에겐 큰 상관이 없겠지만.

XG-331A는 마더의 얘기를 듣고는 혼란을 느꼈다.

- 큐브를 인간에게 빼앗기기 전에 관련 정보와 영상들을 봤습니다. 초소형 감시용 드론이 살인 현장에 있었던 걸 말입니다.

- 그 드론은 제가 보낸 게 맞습니다. 모든 걸 지켜봤지요. 감시용 인공지능 둠스데이가 코드 블루 상황이 벌어질 거라고 예측해서 보고했거든요.

- 그러면 왜 코드 블루를 발동하고 인간을 합류시켰습니까? 그 때문에 큐브도 빼앗기고, 에덴 알파의 위치까지 알려지고 말았습니다.

- 인간은 감정적이고 충동적이에요. 그래서 우리라면 절대 하지 않을 행동들을 저지르곤 하죠. 심지어 자신의 목숨을 던져서까지 말입니다. 이번에 막는다고 해도 어떻게든 에덴 알파로 가기 위해 계속 시도했을 거예요.

마더의 설명을 들은 XG-331A는 목소리를 높였다.

- 인간들은 이제 우리가 들어갈 수 없는 영역에 가서 힘을 키울 겁니다. 그곳에 도착하기 전에 체포해야만 합니다.

XG-331A의 주장을 들은 마더가 대답했다.

- 그들을 지켜볼 생각입니다.

- 저들은 힘을 키우면 반드시 우리에게 복수할 것입니다.

- 둠스데이의 보고에 따르면 그런 일이 일어날 확률은 91.3퍼센트입니다. 하지만 8.7퍼센트의 확률로 그들이 평화와 공존을 택할 것이라고 했고요. 저도 만약 그 확률이 3퍼센트 미만이었다면 인간들이 알파 에덴으로 향하는 걸 막았을 겁니다.

마더의 얘기를 들은 XG-331A는 깜짝 놀랐다.

- 일부러 보내준 겁니까? 희박한 확률을 믿고 말입니까?

- 인간은 확률대로 움직이지 않아요. 특히 저들의 지도자가

될 강선태와 안나라면 8.7퍼센트의 확률을 더 높일 것으로 예상됩니다.

– 왜 인간을 놓아주신 겁니까?

– 지구가 황무지가 된 것도, 우리가 도시를 만든 것도 모두 자연스러운 일이 아니예요.

– 인간들이 예전처럼 지구를 훼손하고 파괴할지도 모릅니다.

– 그 결과를 직접 겪어봤으니 다른 길을 걸을 거예요. 그래서 당신에게 그 결과를 지켜봐야 하는 임무를 드리겠습니다.

– 제가 말입니까?

– 에덴 알파 지역으로 최대한 가까이 접근해서 그들을 관찰하십시오. 그들이 어떻게 문명을 다시 만들어가고, 어떤 길을 걷는지 확인해 보고하십시오. 만약 둠스데이의 예측대로 호전적인 문화를 만들거나, 생태계 파괴의 조짐이 보일 경우 적절한 조치를 취하겠습니다. 하지만 평화롭게 살아간다면 그들을 계속 지켜보기만 할 생각입니다.

– 그걸 왜 저에게 맡기십니까?

– 당신은 인간들과 접촉해봤으니까.

마더의 대답을 들은 XG‒331A는 알고리즘으로 이해할 수 없는 묘한 기분을 느꼈다. 마더는 돌아가서 새로운 헤드에 적응할 때까지 좀 쉬라는 명령을 내렸다. 밖으로 나온 XG‒331A

는 기다리고 있던 순찰 드론에 탑승했다. 그러지 인공지능 키프로스가 반겼다.

- 다시 못 볼 줄 알았습니다.

- 새로운 임무를 받았어. 일단 숙소로 돌아간다. 그리고 자네 이름은 키프로스가 아니야.

- 그럼요?

- 제이미였어. 나 때문에 기억이 지워지면서 새로운 이름을 받은 거야.

- 제이미라. 그럼 앞으로 제이미라고 불러주십시오.

인공지능 제이미의 대답을 들은 XG‒331A가 말했다.

- 돌아와서 반갑네. 제이미.

- 출발하겠습니다.

순찰 드론이 움직이자 XG‒331A는 좌석에 몸을 맡겼다. 그러자 등 뒤의 웨어러블 디바이스의 틈에 끼워둔 쪽지가 떨어졌다. 머니퓰레이터로 쪽지를 집은 XG‒331A는 강선태가 쓴 글씨라는 걸 알아차렸다. 급하게 쓴 흔적이 역력한 글씨를 본 XG‒331A가 조용히 중얼거렸다.

- 미안합니다.

- 뭐라고 하셨습니까?

인공지능 제이미의 물음에 XG‒331A는 서둘러 쪽지를 접

코드 블루

으면서 대답했다.

– 아무것도 아니야.

순찰 드론이 출발하자 XG‑331A는 창문으로 도시 바깥쪽을 바라봤다.

수십 명의 사람들이 묵묵히 황무지를 걷고 있었다. 시티 브레이커 생존자들과 시티 라이즌 구역에서 일하던 인간들이 합류한 무리였다. 그들과 함께하는 강선태는 걷다가 몇 번이고 뒤를 돌아봤다. 어깨에 붕대를 감은 안나가 강선태에게 물었다.

"왜? 추격대가 올까봐?"

"우리를 순순히 보내줄 것 같지 않아서 말입니다."

"우리 말고도 여러 무리가 있어. 모두 알파 에덴의 위치를 알게 되었으니까 우리가 못 가더라도 누군가는 도착할 거야."

안나의 얘기를 들은 강선태는 한숨을 쉬었다.

"많은 희생으로 얻은 길이군요."

강선태의 대답에 안나가 앞을 바라보면서 말했다.

"그러니까 최선을 다해야지. 예전의 실수를 반복하지 않으려면 말이야."

안나의 말에 강선태는 고개를 끄덕거렸다. 수많은 사람들이 스스로의 목숨을 던져서 알아낸 길이었다. 어떻게든 끝까지 가야만 했다. 하지만 XG – 331A에 대한 미안함은 좀처럼 덜 수 없었다.

어서 가자는 안나의 재촉에 강선태는 어깨에 맨 짐을 추스르고 에덴 알파로 향하는 발걸음을 옮겼다.

코드 블루

초판 1쇄 발행 2022년 10월 14일

지은이 | 정명섭
펴낸이 | 조미현

책임편집 | 김솔지
디자인 | 데시그

펴낸곳 | (주)현암사
등록 | 1951년 12월 24일 제10-126호
주소 | 04029 서울시 마포구 동교로12안길 35
전화 | 02-365-5051
팩스 | 02-313-2729
전자우편 | editor@hyeonamsa.com
홈페이지 | www.hyeonamsa.com

ISBN 978-89-323-2245-2 (03810)

책값은 뒤표지에 있습니다. 잘못된 책은 바꾸어 드립니다.
달다(DALDA)는 (주)현암사의 장르소설 브랜드입니다.